龍王III
芬陀利華公主
Princess Pundarika
尹晨伊 著
綠川明 繪

自序

尹晨伊

「龍王」的故事到了第三集，走到了龍敖和茉茉兩人之前的糾葛，想知道茉茉是怎麼「纏上」龍敖的，請過來、請過來，聽我慢慢在本書道來……

很高興到了下半年，總覺得今年事好多，但時間又過得很慢，有一種陷入恐怖片的感覺，一整個沒完沒了。

每年到了下半年，工作就開始忙起來，一直要忙到過年，忙到連睡覺的時間都要減少，不然就沒法子做完，今年當然也是一樣，但再怎麼忙都還是要過生日。九月，編輯毛毛替我過生日，正值農曆七月，席間朋友們應景聊到驚悚故事，編輯朋友就提到美國驚悚大師史蒂芬・金（Stephen King）。

我覺得史蒂芬・金最可怕的故事就是《顫慄遊戲》（Misery）了，那由小說改編的電影不知道大家看過沒？作家被綁起來，還被打斷傷腿，只為了要他改寫結局……

想到就毛骨悚然，實在太恐怖了。

毛毛就說：「是妳覺得恐怖吧？」

「不然咧？難道妳看了覺得不恐怖嗎？」

「我覺得邏輯不對，應該把作家綁起來，打斷作家腿（還不能打手），叫他快交稿子才對，因為沒稿子哪來的結局可改！」

天哪，有多恐怖啊……

說有多恐怖就有多恐怖……

有多殘暴就有多殘暴。

為了怕被打斷腿，我要去寫稿子了。

下次再見，很快地，我們就又要見面了……

第一章

沒想到今日就要在這大海水之中寂滅了。

昏沉之中，茉阿只覺得水積在胸口，一口氣提不上來。

她拚命在水中掙扎，一時什麼口訣都忘了，更別說是法門了，就連怎麼呼救都忘得一乾二淨。

意識漸漸離開之前，只記得眼前有一片彩光……

這是海中，又怎麼會看到彩光？

寂滅之前，見到彩光是正常的嗎？

「小兄弟，醒醒……」再之後，聽到的就是這個聲音。

不同於父親平日喊人如雷鳴的聲音，這個聲音聽起來很溫柔，帶著磁性的悅耳男中音，她才發現，原來自己並沒有寂滅。

茉阿睜開眼睛，一開始的模糊過去，眼前的景象漸漸清晰，這是一個男人……

男人？

她看了半天之後才能確定這是個男人。

為什麼不能確定呢？因為茉阿心目中的男人不是長成這個樣子的。

怎麼長得一副女人的樣子？

「女人？你說我是女人？」

聽見他這麼問，茉阿才知道自己居然講了出來。既然這樣……

茉阿點點頭，就這麼坦蕩蕩地承認了。

「也對。」他自嘲地一笑，「這就我跟小兄弟你兩個人，你總不會說自己像個女人吧？」

茉阿想了想，雖然心中有點疑義，但還是認真地又點了點頭。

這個疑義只有她知道，當然沒必要向外人解釋，總之現在就只有他一個人長得像女人。

雖說這人從海底救了茉阿，但茉阿現在看不出他身上有半點水漬，反倒是她……

她低頭看看自己平貼在胸前的衣裳，平坦完全沒有起伏，衣衫還解了半邊，似乎被海底的礁石劃破露出半邊胸膛，全身濕淋淋的，就跟從湯鍋裡撈出來沒兩樣，慘況空前，極為難得。

就說佛菩薩具有三十二相，想要度化誰就用誰的樣子來化現，想變人就變人，想變龍就變龍，想變男人、變女人、變老人……變什麼東西都可以。

當然，佛菩薩也不是沒事變成「東西」，呃……

她從小就被告誡不可以看不起「東西」，不論是什麼「東西」，若是修成大仙或是精怪需要度化，這大慈大悲的佛菩薩們也許也是會變上一變。

茉阿想要變也不是不可以，但要變得天人看不出，那就非得要有累世修習的極大法力。

龍王III

以前她剛聽到時就很想試試，偏偏憑她的慧根可能一直到寂滅，到她灰飛煙滅也辦不到，她沒認真地將這個願望放進心底。不過……

今天她算是達成了願望。

沒錯，茉阿變成了男人，活生生、實實在在的一個男人。

這願也不是她真心要許的，但就是實現了。

這心想事成就是大福報，誰說投身在阿修羅界沒有天福的？

茉阿公主現在還不知道，還挺沾沾自喜的，但之後卻吃了苦頭，這事告誡她，以後別在心底亂許願，可能會變成不同的結果，而且是她不想要的下場。

想她阿修羅最美麗的茉阿公主，活色生香的一個絕色公主，現在就變成一個男人了，她低頭看看自己，也不像個男人……

哎呀，他們怎麼不把她變得更英勇帥氣一點呢？就算沒有九個頭，也長七個大頭，給她幾副獠牙，這才是勇猛啊！

怎麼窮四大阿修羅王之力，就只把她變成一個娘娘腔呢？

這樣她要怎麼出去震撼四海八荒，給他們看看六道之中阿修羅的震天功力呢？

「你是怎麼落入海中的？小兄弟。」

那個娘娘腔的聲音又響起。

真是懷念父王那如雷鳴海嘯的威武吼聲啊……

眼前的男人一身玄色長袍，衣袂飄飄，這樣素衣打扮卻毫無樸素的感覺，就是因為他那張臉。

被茉阿覺得長得像是女人的臉。

茉阿正想著要怎麼答，那人又接著說了。

「這落入海中極為凶險。」

廢話，誰落入海中不凶險？連凡人都知道的道理還用他說？

龍王III

這海裡就連一堆烏龜王八多不是吃素的，更別說海族一些尖嘴獠牙的東西，那獠牙可跟阿修羅帥哥的獠牙不同，一不小心就被一口氣吞了。

狼吞虎嚥的，哪能吃得出什麼滋味？

想他們阿修羅美食，那美妙的花朵，一朵朵從阿修羅帥哥的獠牙旁飄入口中，更是帶著銷魂的美感……

想著想著，咕嚕一聲，肚子出聲，又餓了。

尤其是美妙的蓮花、蓮藕、蓮子糕……

怪不得她被族人稱為「芬陀利華公主」，就是因為她從內到外，從頭到腳都愛蓮食，無蓮不歡吧？

茉阿的認知不僅是跟六道眾不同，就連跟她同道的族人都不同，而且差異極大。

光是能從人家讚歎她如芬陀利華這種白蓮般皎潔美貌，就這麼硬生生地與食物拉上線做奇怪聯想，就無人能出其右，在六道中排得出名來，數一數二。

「小兄弟，怎麼稱呼？」

茉阿想了想，還是說出自己的小名。

「茉阿。」

話說這六道之中，四海神洲和洪荒之間，多的是尊稱她為「芬陀利華公主」，要知道她名字的人並不多。

但最近阿修羅的芬陀利華公主倒是切切實實、轟轟烈烈地犯了些事，人都說好事不出門，壞事傳千里，更何況這宇宙洪荒中的神仙們平常無聊得要命，本來這名山仙山裡，就千年萬載靜閒得沒幾樣事好傳，於是個個一聽到閒話就打心底興奮，這都過了多久了，現在還不傳得四處都是、加油添醋？

她想了想，還是將自己沒什麼名氣的小名給說了出來，平日是行不改名、坐不改姓，她判斷還是不要把身分講出來穩當些，要是眼前這人也聽過她的豐功偉

龍王III

業，再加上現在是男身，實在不好解釋。

「小弟茉阿，這位大哥，請問您尊姓大名？怎麼稱呼？」

「別客氣，舉手之勞不足掛齒，你不必放在心上。」

這樣的回答不由讓她想了想：原來她的性命還真輕賤得很啊！

「我的性命是您救的，我怎麼能不知道恩人的名字？」

既然真真切切地用言語侮辱了她，她怎麼能不記得他的名字呢？

果然，對方見茉阿如此誠心，也就不再推辭，「我是龍敖，小兄弟你要是休息夠了，就快快上路回家吧！一到夜裡，附近的山精水怪出來晃盪，那就更麻煩了。」

茉阿她裝作乖巧聽話，頻頻點頭。

心底又是有些懷疑，這人會不會知道她的身分，從頭到尾都在說話諷刺她？

如果是的話，那就氣人了。

就算功夫再不濟，若是連山精水怪也不能應付，那可是有愧戰神一族阿修羅之名，她這點爭勝之心還是有的。

「來吧，把這東西喝下去。」

茉阿定睛一看，這這這……這是什麼東西？

龍敖手中拿著一個蚌殼當容器，裡頭裝著灰呼呼的一些東西，隨著海風襲來，陣陣的腥臭味飄來，令人欲嘔。

「剛才我見你昏迷不醒，臨時弄了一碗，雖然你已經醒了，但別浪費了，快點，就把它給喝了。」

她盡力維持住臉上的表情，「有什麼作用？」實在太臭了……

茉阿已經不想探究裡頭有些什麼東西，直接就跳到最後，希望知道那內容會導致什麼結果。

「喝了會神智清明，強身健體。」

天哪！幸好她趕緊醒來，不然就要死兩次，一次被水淹死，一次被毒死。

光聞那腥味，她要是喝下去能不嘔出來，就是修為過人了，怎麼可能會清醒？

「這裡頭有蚌精的丹元和珠粉，可以增補元氣。」龍敖解釋。

她看是不止蚌精吧？

丹元這東西她瞭解，舉凡「不是人的東西」或是山精鬼怪、畜生等等，修習久了就會有內丹和精元，那就是他們的修為所在，跟命一樣寶貴，哪裡是那麼容易到手的。

又開始想到阿修羅的美食，她是真的想家了。

那個珠粉就更可怕了，說不定就是蚌精在還沒成精之時，在海底一個髒東西進了殼裡，於是他經年累月地帶著，出垢出液去包著它，終於成了一個珠，上頭還油亮亮地，其實就是髒……

別人覺得珠很寶貝，叫它珍珠，但阿修羅的茉阿公主絕對不會這麼認為。

就算蚌珠身居七寶之一，茉阿還是不打算讓它近身。

「喝了吧、喝了吧？」

「不不，小弟今日持戒，要齋戒，只好辭謝好意了。」

「這樣啊……」龍敖點頭，「那就不勉強。」

於是龍敖仰頭，將那蚌杯裡的東西一飲而盡。

她瞠目結舌。

阿修羅原就多疑，茉阿當然不能例外，親眼看到龍敖，卻不得不相信龍敖沒有害她之意。

畢竟從海裡救了她，又親身「試毒」。

從海底……咦？

「龍敖大哥……」她欲言又止。

以他的年紀，讓他稱一聲大哥也無妨，「小兄弟，有什麼事，你請說。」

「大哥剛救我的時候，有沒有看到一片彩光？」

龍敖目光一閃，「沒有。」

她看到那彩光，是他原身的鱗光吧？

能在這大海水之中救起她的人，絕不是普通的男人，這一點任誰都會在心中計較，除了茉阿以外。

這公主平日就不將事情往心底放，不論大事小事，全都一併是這個規則，沒有例外，但是……

救命恩人總要懇謝，不然落下因果，將來也不好收拾。

何況剛才他說了很多「氣人」的話，要是不回報他，落了因果，一樣不好收拾，她沒那麼笨。

但要怎麼懇謝，又要怎麼報仇，她心底都是沒有打算。

該怎麼辦呢？

也罷，就先跟著他走吧！

龍敖沒想到自己一時心善卻惹了大麻煩，招來一個來路不明的小跟班。

＊＊＊

任誰看這天生仙骨，俊美非凡的龍宮太子都會心生仰慕，自慚形穢，若是有幸與他相處，更覺得品性高潔，無一處可挑剔。

當然，他也是天龍一族的驕傲。

武力和靈力的修為在天神眼中自不算什麼，他們注重的是眾生萬民的福祉，大到天下萬民、山川之靈，小到就像在海裡撿到一個孩子，被死纏住不放。

龍敖對自己也有自信，想也沒想到自己此時正被一個偽裝成男身的小鬼耍得

龍王III

團團轉，還半點看不出。

「小兄弟，這湖……你可滿意？」

眼前一個大湖，一望無際，微風吹拂在水面泛起陣陣漣漪，一波波打上岸，那看起來也跟海沒兩樣了，眼前一個景色，倒映在湖水裡的美景隨風蕩漾，又是另一種風情，湖光山色，美不勝收。

「這……」

龍敖真是怕他有別的意見了。

他原本想放這孩子一個人走，但偏偏被他叫住問了一個問題。

他要是回答了他的問題就轉身走人也沒有事，偏偏他又多管閒事，才讓自己陷入一個騎虎難下的境界。

「請問哪兒有水啊？」

當時龍敖聽了這問題，就怔了，眼前不就是海水嗎？

「覺得身上不太舒服，想洗個澡。」

「海水不行嗎？」

「不行，我就是要洗去這一身海水的味道。」

「……」

喔，這樣海水不行，他不是海族，不習慣海水也是應當的。

「海水有什麼味道？」

「鹹腥味。」

「……」

他就是一念之仁，想這孩子好不容易被他救了條小命，現在即將入夜，他到了水邊，就算不被山精水怪給抓了，也被夜裡要覓食的豺狼虎豹給吞了，要是進了惡龍的領域，那就是連他要幫他也沒法子了。

救人就救到底，既然都起了個頭，不如就帶著他去洗浴，免得他誤闖險地，也當保他一條小命。

「可是時間已經晚了……」

見這孩子還是堅持，於是龍敖找了個地方，帶他去了池塘。不料……

「太髒了。」

池塘他嫌太濁。

帶去小河邊。

「太小了。」

小河他嫌水流太小，不像海景般波瀾壯闊。

龍敖也有耐性，就帶著他一直換，手掐起仙訣帶著他飛天遁地，就差沒有五湖四海地繞，幸好水域正屬龍宮的管轄，雖然換了許多地點，他還不算沒有地方去，在新結識的朋友面前失了面子。

這時他可看出來了，這孩子雖然年歲不大，卻有些因緣學些法術，只是不太精通，不過能跟著他步上祥雲而不受驚，就是有些修為。

最後帶他到了這湖。

眼前一望無際的大湖，就連打上岸邊的水都像海浪般一波一波的，既沒有他所言的海腥味，又壯濶如同大海，這才終於點了頭。

就這麼從夜至日，日輪天子都駕車準備當值了，茉阿才終於點了頭，轉身脫衣洗浴。

龍敖趁茉阿不注意時，偏頭嗅了嗅自己的肩頭。

剛才他說有「鹹腥味」，難道別人見他時，也覺得他一身海味？

這樣去見客時不是很失禮嗎？

想他龍宮一向以華美輝煌著稱，可從來沒聽過有人說過出了什麼惡臭的。

「大哥，你要一起洗嗎？」

龍敖搖頭，出門在外，哪有那麼麻煩，要是身上髒了，他只要持個除垢淨身訣就好，哪有這麼多時間沐浴淨身？

「這附近不知道有沒有香花可供沐浴？」泡澡還是放點香花的花瓣最好了。

聽他這麼說，他微笑。

「你笑什麼？」是在嘲笑她嗎？

「茉阿兄弟剛才不是說我像女人嗎？現在你動不動就要找香花，這行為不是更像女孩兒嗎？」

「你懂什麼？我家裡族人每回沐浴或開宴，一連數月都是平常的事，香花果釀、精美蓮食、飲宴歌舞、仙樂飄飄，樣樣不缺，不論男女都是一樣的。」

「聽起來是個好地方。」

「你不信我？」

「怎麼會，你說我便信，有什麼好懷疑的呢？小兄弟別多疑。」

是嗎？是她多疑了嗎？

茉阿也不再多想，身為一個阿修羅，疑是要疑一下，但一直在問題上糾纏也不是她的風格，首要還是趕緊讓身體清爽了才是實在。

她個性好潔，被人從海水裡撈出來已經夠狼狽了，以她執拗的個性，非要在淡水裡洗個澡才痛快，持咒淨身這種事她是絕不肯做的。

脫下外袍，剛才騰雲駕霧已經差不多乾了，茉阿湊過去嗅了嗅，那味道其實不重，卻還是讓茉阿嬌俏的鼻頭整個都皺出了幾條紋，她嫌棄地把已經乾的外袍放進水裡漂啊漂，又覺得不夠，再持了除垢咒清潔一下，手上的外袍看起來是乾淨了。

她低頭看看自己，才又覺得這一身也好不到哪兒去……

她轉身脫去衣服，再低頭看看自己，這男子的身體還是在自己身上比較好搭理，雖然坦胸露背也不好看，但比女身的時候是方便得多，衣裳也好穿脫，就好像現在……

龍王III

赤身裸體在龍敖面前也不必想太多。

最後她索性整個人走入水裡，沉入水中。

這水色清麗，乾淨得連四面游魚都一清二楚，茉阿剛才可記得深吸一口氣，以她的修為，雖然在水中不能待上太久，但一口氣洗一個澡是綽綽有餘的。

有她在這裡攪水搗亂，當然魚蝦是不想靠近，可是……

偏偏眼前不遠處突然出現一堆水泡泡，茉阿眨了眨眼，再仔細看去，她目力不錯，若是沒被限制住在這個男身之中，以她的修為，雖然沒法子像父王一樣化出九頭千臂千眼，但有個三頭六臂，應該是勉勉強強不成問題。

想想看，三個頭就有六隻眼睛，當然會看得比別人清楚。

在她胡思亂想之際，只不過一瞬，連眼睛都來不及眨一下，茉阿看見整列的蝦兵蟹將成群結隊擁著一人，由水底悠然上升，看起來頗為自得，而且無視於她的存在，就這麼直直地往她這兒行來。

沒看到有人在洗澡嗎？沒禮貌。

茉阿施法在水中穿好衣服，而後也從海底升起，雖然沒有他們海族那麼自如，但也是馬馬虎虎，再另施法訣弄乾了自己，這時也算是整裝待發，眉目如畫。

雖然有些女里女氣，但還算是俊朗無比的小神一名吧？

茉阿一邊忙著，一邊就想著……

她倒是要看看這個人是個什麼「東西」，居然敢打擾公主淨身，實在是大膽，一定要好好記下來才行。

龍敖原本背著手看向四周山色，一派飄然卓越的樣子，感應到來人的蹤跡，他轉身面向湖泊，斂去那恬適舒心的模樣，只在眼底略現喜色……

湖面才升上人影，他就清朗地發聲。

「箕，你怎麼來了？」

龍王III

當然隨之出現嘩啦啦水聲，又手忙腳亂整裝的就是茉阿公主了。

「太子殿下要來，怎麼不先說一聲？」

「我們兄弟又何必拘禮？」

來人是青龍，眼前這湖正與東海連結著，屬於東海龍王的管轄，而天龍一族最崇高的人除了天子之外，便是太子龍敖，較東海龍王箕為長，也是他的兄長，兩人相處一向融洽，是族內兄友弟恭的典範。

「我們兄弟難得一聚，這次非得住下來才行……」

「恐怕不行。」

聽見這個回答，青龍覺得很訝異。

「我還有要事要辦。」

「喔，有要事……」雖然龍敖沒有明說，但青龍好像心裡有數，「是去那兒嗎？沒想到也到這個時候了。」一副感念光陰飛逝的模樣。「以後我們兄弟……」

龍敖打斷他，「不管是什麼事情都不會改變我們兄弟情誼，我今天會繞來這裡，只是因為路上認得的小兄弟想要一個清澈的湖水沐浴，想不會花費多少時間，沒想到還是驚動了你。」

「原來小兄弟想洗浴啊……」

這探子回報太子殿下四處換地方，大家是又驚又疑，原以為是發生什麼大事，青龍轉向了茉阿，「剛才不知道是一家人，多有失禮，小王龍箕，小兄弟該怎麼稱呼？」

茉阿在旁邊，嗔心頓起，已經生氣了。

明明這人也不是沒看見她，但就是理也不理，她一定是被看扁了。

茉阿猜想，要是龍敖不介紹她，她可能就這麼完全地被忽視。

而且開口閉口小王，就是想彰顯他身分尊貴嘛？

龍王III

她就算沒有獠牙，也是要露出來表現不悅才行。

「哎呀，小兄弟笑起來真可愛。」

「我並沒有在笑。」她咬牙切齒。

「都露出牙齒了還說沒有……」

「……」

「箕，他是茱阿。」

龍敖在介紹的時候，茱阿仍然裝作乖巧地站在一旁，聽到龍敖順便把他們怎麼結識也說了，她心裡是百般不願，但還是裝成萬分感激的模樣。

「溺水？」

這該死的青龍居然又重複了一次。

這時茱阿覺得沒讓他們知道自己是芬陀利華公主，實在是太太太明智了，誰說阿修羅沒有天福的，她這不是處處被關照著嗎？

否則這溺水的消息傳了出去，說有多丟臉就有多丟臉。

阿修羅是六道之中武力最強大的，阿修羅皇宮就在大海水之下，偏偏她這個阿修羅最尊貴的公主連出個門都會溺水，傳出去不止她不必做人了，連阿修羅道的臉都給她丟光了。

相較之下，這個龍敖可是比青龍可愛得多了。

他們是兄弟？

茉阿雖然有些不認同，但她覺得這也不是不可能，試想他們阿修羅道，各個阿修羅王轄區也是各個不同，就算兄弟不太相似又如何？

阿修羅道既然在大海之下，當然跟龍族並不陌生，還算是有些往來。

這青龍既然是龍敖的兄弟，此時茉阿不由得好奇龍敖在龍族的角色。

「茉阿兄弟這一頭秀髮可真是漂亮。」

難得這青龍說了句好聽的話，茉阿正想要回答，又見青龍伸出手來想碰她的頭髮，她不動聲色地一閃，讓青龍撲了空。

「謝了。」

她覺得這個稱讚是實至名歸，連眼也不眨一下，很自然地接受了。

茉阿的母后即來自花鬘一族，顧名思義，就是有六道中最美麗的秀髮，會吃會玩，是阿修羅中最善於遊戲的一脈，有這樣美麗的母后，這個好處自然被茉阿給得了，現在有人讚她的美髮，她絕對要坦然接受，否則就辱沒了花鬘一脈，茉阿寧死也不會做這種事。

龍箕本是高傲的，身為龍子，他的地位崇高，今天卻碰見一個比他更高傲的人，平日讓他仰著頭見的也沒有幾位，對於他這種行為，龍箕反而覺得新鮮，不由得想逗上一逗。

「小兄弟真是大方。」

「哪裡哪裡。」

還真的一點也不自謙。

龍敖一旁看了也是頗有興味。

茉阿看起來不像凡人，但又嗅不出一點仙味，似神非神，似人非人，卻在言談舉止之中顯現出非凡的神氣。

「茉阿兄弟要去哪兒呢？」青龍問了。

「西荒。」

龍敖兄弟兩人互看一眼。

「小兄弟今天可真是交了好運了。」青龍拍了拍茉阿的肩，但又被他給閃開了，他也不在意，只是呵呵地笑，「小王的大哥似是跟兄弟你很有緣，先是在水中救了你，後又正巧與你路途相同要前往西荒。」

這時換茉阿驚訝了，她轉頭看向龍敖，「你也要去西荒？」

龍敖神色凝重地點了點頭。

青龍在旁細細地觀察著茉阿的表情，茉阿驚訝的表情不像作假，這讓青龍安了心，他剛才故意暴露了太子龍敖的行蹤就是要試他。

太子獨身前往西荒，原是要拜見一位上神，這件事連在他們天龍一族都是機密，怎麼可能這麼湊巧，在水底救了一個俊秀的孩子，又剛好要一同去西荒？

「你獨身一人前往西荒做什麼？」

「拜師囉！」

又是一個尋仙求道的小兒了。青龍下了這種判斷。

「西荒大澤雖然名山遍佈，但妖怪也多，凶險異常。」

「我知道。」茉阿漠然點頭。

「小兄弟為何獨獨選西荒去拜師呢？」

「都是家中長輩的意思。」

也對，他這種年紀，自己怎麼作得了主？

青龍還想再問，但龍敖卻阻止他，「夠了。」

龍敖對茉阿並無戒心。

「茉阿兄弟，既然我們同道，那小兄就送你一程如何？」

有人送哪有不好的道理？

阿修羅跟龍族同行本來就是常事，茉阿當然就歡天喜地答應了。

她本來就是好遊戲不事生產的個性，現今不用費力就能飛天遁地，海中遨遊，這種好事當然也就只有跟在龍族身邊才有，她再笨也知道要趕緊答應。

第二章

「我說茉阿兄弟，西荒離你家很遠吧？」

「大哥，西荒不管離誰家都很遠吧？」

問了這麼沒有水準的問題，讓她就差沒直接嗆他說，你是現在才出來走闖的嗎？

龍敖一窒，臉上露出靦腆笑容，「你年紀那麼小，你家裡長輩也真忍心，讓你一個人單獨上路。」

「是啊是啊……」可不就遇了大險嗎？

「茉阿兄弟，你該不會是犯了什麼錯，出來避禍的吧？」

她原本看這個龍敖遇人沒有防心，遇事又多憑一股衝動，善心太過，實在不是什麼大才，沒想到他斷事卻是有兩下子。

此時他隨意猜猜，卻猜得八九不離十。

茉阿摸摸鼻子，「我是惹了家中父兄不太高興，親族裡也有許多人對我不滿，不過……他們本來就愛生氣，氣完就算了，我等他們消氣了再回去，出來拜師學藝也不錯。」

茉阿平日是不太說謊的，但避重就輕她可是個高手。

她總不能說自己差點挑起了天人大戰，要是說了出來，那就跟把自己的身分供出來沒有兩樣，一樣是慘。

想起來都要怪那個如意寶樹。

是說他們阿修羅界長了一株如意寶樹，一次茉阿出了皇宮內城，也就是金碧輝煌的七頭皇城，她看到這樹，不由得嚇了一跳。

這樹氣派得很，長得高聳參天，她在別的地方都沒見過。

七頭皇城裡寶樹可不少，但長得這麼大的樹，實在是一次也沒見過。

這樹高到什麼地步呢？

其實茉阿也說不得準，回去問了父王，父王只是淡淡看她一眼，看著那樹，眼中說不出是怒氣還是隱忍，就打發她走，不再回答她了。

她又回去看了一次，那大樹的根，牢牢地固在地上，抬起頭來看，直直地衝上天，像是沒有盡頭一樣。

茉阿想，這樹要是一路長上天庭，那不是太嚇人了嗎？

那不可能吧？

樹雖然是長在他們土地上，但茉阿卻從沒有看過它的果子，問了父王也沒有結果，於是她就想著方法去問人，可是沒人敢逆著王的心意告訴茉阿。

茉阿從小就常聽娘說，她什麼都好，就是好奇心強。

當然好奇也不是什麼壞事，父王總是隱忍，告誡大家什麼都要忍讓，她倒是有些不以為然。

結果，不久機會就來了，城裡張燈結綵，父王又要設宴款待其他三地的阿修羅王。

龍王III

他們阿修羅道設宴一向盛大非常，每回一辦，非數月不止，玩得賓主盡歡不可，城裡每個池都刷洗得金燦燦的，除了金銀，還有瑪瑙等七寶裝飾，那氣派華貴更是如實地襯托了阿修羅界的尊貴和強大。

茉阿偶爾也會跟著大家一起玩，但她年紀小，姿容又艷麗，母后常不讓她出門，如果沒什麼大事，她就乖乖地待在家裡。

但這次有惑要解，她絕對不可以默默待在家裡，疑問要是藏在肚子裡爛掉，也許會連腸子都受傷了。

但茉阿心知，這答案要有人告訴她，就非得採取奇異的方法才行。

所以她也非得挑七頭城裡設宴的時候出門不可，趁著天色好，外頭樂聲飄飄，想必大家心情也好，她穿過閃著霞光的七寶園林，就衝出去找那個正主兒問話了。

茉阿來到花鬘阿修羅王所在之處，會來這裡當然是經過她「深思熟慮」而下的決定。

茉阿心想，大家都不敢跟她說清楚，這顯然是受了父王的約束，父王的修為強大，又是阿修羅道最有力的大王，誰敢不聽他的話。

但她有被這個難倒嗎？

當然不會，她可是最厲害的芬陀利華茉阿公主，說有多機智就有多機智，有多聰明就有多聰明。

她馬上想到，阿修羅道有四大阿修羅王，父王總不會無禮到去叫其他阿修羅王也住口吧？

既然有事要問，這花鬘一族是她的母族，當然就是第一人選。

為了招待這個貴客，茉阿發現父王極為用心，將花鬘一族的居所裝飾成他們最愛的樣子。

花鬘一族有阿修羅道中最美麗的蓮花園林，裡頭各式各樣的蓮花都有，特別

龍王 III

喜歡俊男美女，所以茉阿在他們勢力範圍中來去自如，毫無阻礙。

她之所以被大家尊稱為「白蓮芬陀利華」，也是因為花鬘一族的關係。

那四大園林的寶樹，如今都被父王聚在同一區，就是要讓花鬘王感到賓至如歸，心情愉悅。

茉阿經過一株鈴蔓樹，輕輕扯了上頭七彩的寶鈴，鈴聲悅耳讓她聽了就心生歡喜，露出美麗的笑容。

不一會兒，就有一位花鬘阿修羅女出現在她面前。

眼前的阿修羅女除了美貌，還有一頭亮閃閃的秀髮，柔順可人，不愧是花鬘阿修羅的美女。

「茉阿公主？」

「是的。請問妳王現在哪兒呢？」

茉阿這長相是很方便，任何人一見她，在被茉阿公主的絕世美貌震撼過後，都是有問必答，和盤托出，她找來不費半點力氣。

「在雜林裡。」

茉阿知道，雜林是指群聚美味果樹的園林，父親為了喜歡果脯甜食的花鬘一脈費了許多心思，找來六道中最美味的果子移居七頭城。

可惜她只是知道，還沒去過，因為貴客要先享用，代表主人的誠意。

所以她又問了，「雜林該怎麼去？」

「稟公主，經過前面的黃蔓樹和焰蔓樹，再走一陣子，聞到花果香氣，那就是雜林了。」

嗯嗯，雖然她說得很清楚，但她聽得很模糊，不過茉阿自認為找得到，道謝之後就往黃蔓樹的方向走去。

黃蔓樹很好找，遠遠看見就金光閃閃，這黃蔓整株都是真金，光線映照下來，發出閃亮的絢爛金光，想要看不到都不行。

龍王III

茉阿繞過刺眼的黃蔓樹，遠遠就看到焰蔓，這樹也是奇樹，開了一簇簇如火焰般的花朵，美麗卻不傷人，可愛可親。

經過焰蔓後，順著花香果香走，茉阿聽見嘻笑聲和水聲，終於讓她找到了花果雜林，見到了阿修羅王。

茉阿心想，久不見這花鬢阿修羅王，他那頭美麗秀髮，應該可稱得上是六道第二，就敗給她一人吧？

不管怎麼說，六道中最美麗的秀髮，一直都公認長在芬陀利華茉阿公主的頭上，這從她出生就是注定的。

花鬢王心情很好，看到茉阿心情更好。

花鬢王喜好美好事物，包括美女，雖然年紀有點小，但看了賞心悅目，心花朵朵開。

「茉阿，有多久沒見了？」

「大王，有一年了。」

花鬘王想了想，「也是，上回我設宴妳沒有來，真有那麼久了。」

「茉阿是很想去的，但母后說我年紀太小，不要出門。」

茉阿知道只要講母后就是安全的，花鬘王雖然易怒，但對同族一向是護短，團結一致的。

花鬘王點頭，像是同意了茉阿的說法。

「來人，替茉阿公主設座賜酒。」

「謝花鬘王。」

幾位阿修羅美女出來，替茉阿設座，之後放上由七寶裝飾的玉杯，注滿琉璃般清透的酒液。

花鬘一族不食酒肉，但桌上的美味果食一點也不遜色，令人垂涎。

花鬘王舉起酒杯，「來，喝酒。」

龍王 III

茉阿是沒喝過酒的，當看到那閃著亮光的酒液，聞起來又香甜，不由得想試上一試，將酒杯湊上嘴邊，大大地飲了一口。

噁……

酒才入口，又從茉阿口中噴了出來。

「怎麼了？」

別人噴出這口酒，花鬢王一定是會發怒的，但茉阿不同。

因為這是她父王的領地，這酒也是由她父王所準備，花鬢王並不覺得她在侮辱他。

「回花鬢王的話，茉阿這是第一回喝酒，但想必這酒人人愛喝，必定是好喝得不得了，這酒聞起來又有甜甜的果香，令人欲醉……」

「沒錯，這是用異果去釀的一等好酒。」

「但入口之後卻有鹹苦的味道，又甜又鹹又苦，所以茉阿吐了出來，我父王絕不會用此酒冒犯花鬘王，是茉阿自己的舌頭壞了。」

她說的在情在理，但花鬘王聽了臉色一變再變，最後竟然臉色鐵青，身高暴漲數丈，大吼著甩掉酒杯。

「把酒倒掉，本王絕對不再喝酒了！」

花鬘一脈見大王生氣，全都伏地跪下，「大王息怒……」

茉阿雖然摸不著頭腦，也知道自己惹了禍。

「是茉阿說錯話了嗎？惹花鬘大王您生氣？」

「妳說的沒錯，這佳釀原先人人喜愛，但阿修羅道卻只能取海水釀酒，使得佳釀有雜味，又鹹又苦，實在可氣。」

茉阿一席話引起花鬘王對天界的嗔念。

想到自身只能就近取用海水釀酒，發狠倒掉了所有的酒，然後立誓不再飲用水酒。

龍王III

於是茉阿面前由水酒換成了果釀。

茉阿等著花鬢王怒氣稍歇，再乖巧地在他面前佈菜。

怎麼說花鬢王也是母族那邊的長輩，她乖巧一些是應該的，再加上她此次的目的還沒有達到，所以茉阿並未告辭，還是繼續等待機會。

不一會兒，有人鼓噪起來。

「怎麼了？」

「聽說茉阿公主琴聲悅耳，想請公主奏一曲。」

「難道比仙樂還好聽？」

「你聽過仙樂嗎？」

剛才花鬢王才大怒，現在又有不識相地提到仙樂，茉阿眼見花鬢王獠牙半露，又要發起脾氣來……

「各位，仙樂怎比得上我們阿修羅呢？」

四周響起一陣叫好聲。

花鬘王臉色稍稍緩和下來。

「公主為我們奏一曲吧？」

有人取來阿修羅琴，茉阿冥思片刻，她正愁沒法子平復花鬘王的嗔心，到時惹貴客生氣，父王一定會剝了她的皮，現在有人提議奏曲，這可是好方法。

她輕撥琴弦，樂聲響起，如高山流水，令聞著無一處不舒暢忘我，沉醉其中。

這阿修羅在音樂的造詣本就較天神高，也是花鬘王最得意之處。

果然，花鬘王一聽茉阿奏樂，原本怒起的身形漸漸回歸成原先大小，又有心情飲宴作樂。

茉阿數曲奏畢，掌聲如雷，她心中有些得意。

花鬘王拂掌大笑，「果然芬陀利華公主不但美貌第一，連奏樂也是六道第一。」

「謝謝大王。」

茉阿見氣氛融洽，四周又響起歡樂的音樂和笑鬧聲，於是想起她來的目的，拿起玉杯敬花鬢王……

「一年不見，妳這丫頭是愈來愈懂事了。」

茉阿燦笑，「大王，茉阿年紀小，有很多事情不懂，父王又不肯告訴我，茉阿真的覺得很煩惱呢！」

「這就是妳父親的不對了，小輩有疑問就要仔細回答，怎麼會不理不睬呢？妳想知道什麼，我是知無不言，言無不盡……」

「我看到一棵樹，又不知道那是什麼樹，偏偏就沒人肯告訴我那樹的名字。」

「樹？是什麼奇樹？」

花鬘王心想，這茉阿公主的父王特別愛搜尋奇花異樹，本就是個奇珍園林的愛好者，當然在這裡有很多奇樹。

花鬘王也有這種興趣，聽到自然興味盎然，「帶我去看。」

這就是茉阿的目的，怎麼料到……

一帶就出了事。

＊＊＊

她雖然平常不太會看眼色，但花鬘王卻是一個很體貼的對象，他怒氣一來，那原先柔順香滑的秀髮根根豎立，嘴唇顫抖，獠牙會從唇邊露出來，森森地閃著銳利的光，眼中像是快冒出火來。

「這是如意寶樹。」他冷冷地說。

茉茉很興奮，「我就知道花鬢王一定知道這樹的名字，這樹長那麼高，究竟可以長多高呢？」

「長到天庭都不是問題。」他的語氣更冷了。

「會結果子嗎？」

「會。」

「一定很香甜吧？」

「聽說很香甜。」

「聽說？」

茉阿發現出語病了。

這花鬢王就是個植物的收藏家，什麼東西他沒吃過？

以他的地位，什麼事情他不曉得，怎麼這如意寶樹的果子，只有「聽說」很香甜。

「莫非大王沒吃過。」

這話轟地一聲在花鬘王腦中起了巨響。

「沒吃過。」

茉阿這天真無邪的一句話惹發了燎原大火。

花鬘阿修羅王咬牙切齒恨恨地承認沒吃過之後，轉頭發出怒吼……

「來人，給我拿斧頭來……」

花鬘修羅們全回頭去找武器。

仍在狀況外的茉阿還有點摸不著頭腦。

「大王，拿斧頭做什麼？」

轟地一聲，又燃起花鬘王另一簇心中大火。

「全都回去拿斧頭來砍了這樹……」

此時，茉阿公主再怎麼鈍感，也知道自己闖下了大禍。

龍王III

哎喲喂啊！想到父王發火的臉色，茉阿抖了一下，她可要繃緊皮，還是找個安全之處躲一陣子才好。

沒有多久，花鬢王招來大軍，人手一把「美麗的」斧頭……

花鬢一脈平日最喜裝飾，就連武器都裝點得可愛動人啊！

這麼討人歡喜的武器，就這麼硬生生地在茉阿面前砍下了通天的如意寶樹。

第三章

龍敖招來祥雲，一路帶著茉阿騰雲駕霧，雖說兩人同往西荒，但是途中龍敖要先去訪友，茉阿考慮了一下自己的能耐，也就「從善如流」地沒有異議，先隨他去訪友再上路。

途中兩人就說說笑笑，雖然是隱去姓名來處，但茉阿對龍敖的問題也算是有問必答，兩人相處極為愉快。

直到她說起如意寶樹的後段，龍敖本聽她說起離家阪原由，聽得津津有味，但後來講到砍樹這段，他眉頭皺得死緊。

「怎麼？你不舒服？」

一副想要挫屎的樣子。

照她想，他鬧肚子也是應該的，剛才不是拿那個死蚌殼裝了一碗臭糊水喝了嗎？這不讓他肚子痛個幾天幾夜才夠看。

「我是在想，你這長輩脾氣也太火爆，只是沒吃過那果子就發這麼大脾氣要

龍王III

砍樹，實在是不太合理。」

茉阿當然是避重就輕地略去很多人的名字，否則龍敖不就會知道她引了花鬢王去砍如意寶樹。

花鬢王砍如意寶樹這事，如今已變成六道之中最令人津津樂道的八卦，虧得茉阿她口才好，才能講得讓別人聯想不到一塊兒，不過還是很費事就是了。

茉阿嘆口氣，「這也不能怪我那長輩，你想想看，如果一棵樹種在你家裡，但果子老是長在別人家，你一口也沒吃過，誰不生氣呢？」

「氣了就把樹砍了？何況那樹還是你家的。」

「這倒是。」

茉阿苦著臉，那如意寶樹還不好砍，後來花鬢王找來勇健王，兩族一道對付那如意寶樹，等茉阿的父王一來，看了差點昏了過去。

之後四處奔走，不但要向花鬢王致歉，還要上天去解釋，聰明的茉阿在惹禍之後，就向母后認錯，被藏起來避避風頭。

到處去道歉，茉阿看了也覺得自己的父親真會忍，這忍功要得，難怪六道之中叫他「一切忍修羅。」

好不容易平靜下來之後，茉阿再度出現在父王面前，見他臉又黑了許多，還好心地勸父親偶爾也要放鬆心情出出氣，別讓自己悶出病來。

但見他臉色又青，口中出火，也知道那放鬆心情出出氣的對象將要變成了自己，她還沒打算被人挫骨揚灰，或是分筋錯骨，於是又一溜煙地逃得遠遠的。

「茉阿兄弟，你爹因為你家裡的長輩砍了一棵樹就氣成這樣，也實在太容易動怒了，這對修行不利。」

「如果知道那樹的價值，可能你就不會這麼說了。」茉阿喃喃自語。

「你說什麼？」

茉阿側立祥雲之上，「沒什麼，是風大，我沒說什麼。」

總之，那如意寶樹是死了，而且還死得徹徹底底，功成之後，花鬘王和勇健王還帶了紀念品回去。

只是後來又復活了。

茉阿才知道她父王上天去周旋，沒多久天降甘霖，那樹竟然又因甘露而重生了，死而復生，一整個欺人太甚啊～～

茉阿細心觀察，那明明就已經砍斷的樹，沒有多久，又變成參天巨樹，直達天庭，比雜草還有生命力。

但這回她可不敢去花鬘王和勇健王那兒通風報訊了，他們要是再領大軍來砍樹，那她的小命休矣，可再也看不到太陽升起。

她老爹父王已經氣瘋了。

＊＊＊

龍敖水裡來、火裡去都沒有問題，駕輕就熟的。

但茉阿就沒有這種方便了，總覺得腳下空虛，有點踩不到實處，提心吊膽的感覺，她知道阿修羅掉下去可能不會死，但是斷手斷腳就不太妙了。

於是茉阿微微地往前靠了靠，幾乎快要貼著龍敖站著。

如果真有什麼不測，她怎麼也要拖他下水。

雖然現在看起來不是壞人，但怎麼知道是不是包藏禍心，但茉阿可以肯定他是龍，青龍都從海底出現了，又是龍敖的兄弟，如果她還看不出來，那不是笑掉阿修羅帥哥們的獠牙了嗎？

哼，要是被她那損友聽到，一直會恥笑她。

人家都叫「龍」敖了，妳還懷疑？

沒法子，她是個阿修羅，不管大事小事，她都要照例來「疑」一下。

龍王III

這龍族跟他們阿修羅一向是有往來，但也有不對盤的，茉阿真的不知道龍敖是屬於哪一國的。

不過她覺得他挺順眼的。

先是救了她一條美麗無雙、尊貴無比的性命，再來又帶著她四處遊玩、騰雲駕霧，她吃他的、用他的，也沒見他有什麼異議。

雖然長得女里女氣，但還是有些勇氣，感覺也有點權力。

咦？有權力……

她曾聽母后說過，天神擁有很多的權力，難道龍敖跟天神沾得上邊？

這可不妙不妙……

她不是說有權不妙，而是跟天神要是有什麼關係，那就很不妙。

那花鬘王和勇健王都看天神不順眼，就是因為他們有權的關係，對對對，她還落下了羅睺王……

除了茉阿的父王之外，其他人是一聽到天神就氣憤得發狂，連牙齒都快咬斷似的，茉阿認為自己的父王對天神也是不以為然，只是在忍耐罷了。

如果龍敖是天神，那每回見他都要打上一架的話，她可能吃不消。

因為這個想法有風險，所以她暫時不願意去想，換言之，就是不想去面對。

想著想著，一陣風迎面，茉阿一個踉蹌從側邊掉了下去，雲霧在面前繚繞，一個險處，她就要從雲上落入山嵐之中，風聲在她耳畔呼嘯而過……

冰冷的風刮過她耳際，正感到絕望之際，卻見原先挺立在祥雲之上的龍敖轉而投身而下，就朝著她衝過來……

「小心……」

說時遲那時快，她只覺得身上一陣暖意，龍敖環住她的肩，使勁讓她靠在他身邊，說也奇怪，減緩了她下墜的速度。

她看向他，原來他正唸著口訣，先止了他們掉落的速度，而後又召來祥雲一朵，提氣一振，茉阿就隨著他一同躍上雲朵，算是千鈞一髮。

他轉頭看向她，「嚇著了吧？」

茉阿哇地一聲哭了出來。

「好了好了……沒事了沒事了，別哭別哭……」

茉阿在遇險後，心安之餘，哭得一抽一抽的，心裡還直怨著父王……

怎麼他們讓她連哭的聲音都那麼娘娘腔啊！

少女總是崇拜父親，她的父親面如烏盆，口中出火，聲若洪鐘震撼鬼神，所以她總覺得身形高大，能立於深海不過膝，雙手能托日月的阿修羅之王，絕對是六道之中最帥氣的男性。

茉阿一直覺得，沒有什麼比幻化成九頭千眼、說話如雷鳴海嘯、口中出火、七竅生煙更是威震四方（雖然七竅生煙大多是被她給氣的）。

但在剛才，當她發現龍敖會從天上往下跳來救她，突然覺得眼前這個人，好像看起來愈來愈順眼，不那麼女里女氣了。

「你為什麼救我？」

「傻孩子，我不是說過要帶你去西荒保你安全，又怎麼能丟下你不管。」

他說得輕描淡寫，茉阿眼眶又紅了一圈。

如果他剛才丟下她不管，那她不就……

「好了好了，別哭了，又不是女孩子，怎麼哭個沒停。」

「男孩子也是會哭個不停的。」茉阿不服氣地梗直脖子說著。

龍敖被茉阿那樣子給逗笑了。

他指著不遠處的山峰，「看，我們快到了。」

層層的山嵐如霧般包圍那個峰頂的宮殿，四靈神之中，朱雀是南方之主，如今朱雀之主就是鷹王。

眼前就是南朱雀的宮殿。

龍王 III

茉阿震驚，龍敖帶她來的地點，居然是這兒……

第四章

她對鳥類一直是沒什麼好感的。

大多數人看到那種七彩斑爛的畜生，都覺得賞心悅目。

他們站著一個模樣，展翅又是一個形象，而色彩更是多有變化，時不時地變出一場驚喜。

不過在茉阿眼底看來，覺得他們不過就是因為皮相生得不好看，光禿禿的，所以憑著天生會穿衣服，把各式各樣色彩繽紛的羽毛搭在身上罷了。

簡單說一句，完全就是取巧。

茉阿是不屑做出這種事的。

取巧還可以忍受，欺騙世人這件事就見仁見智了。

這鷹呢，就是一種鷙鳥，鷙鳥不用她來多說，絕對是一種惡鳥，說得難聽一點，這鷹族不過是披上了朱雀的外衣，假裝是鳳凰。

茉阿雖然在心底對鷹族沒說過兩句好聽話，對他們守備森嚴還是很肯定的。

龍王 III

剛才龍敖帶她駕雲靠近，她的目光才恰恰看到那山頭的宮殿，不一會兒那鷹族的宮殿裡便現出數隊人馬迎來。

「參見太子殿下。」

這龍敖是某一龍族的太子是無庸置疑了，但茉阿選擇裝聾作啞，不理。

鷹族的眾人見禮之後，護著他們那朵雲兒直到鷹宮，又出現另一陣仗……

這宮殿的華美不在話下，不過茉阿覺得阿修羅皇宮也不遜色，尤其是七頭皇城，應該比天宮也差不到哪兒去。

喔，不，她是一個阿修羅，當然是認為七頭皇城絕對比天宮美，美得很，美得冒泡，這天宮、天人要怎麼跟阿修羅道來相比，連根毛都比不上。

當她在腦中詆毀天宮之時，一個面容冷峻，髮色近黑似藍，身形高大的華服男子從內被官員簇擁而出。

這就是南朱雀之主，鷹王陛下。

「殷宇。」

「龍敖，怎麼花了那麼久的時間才來。」

茉阿看著兩個長得像女人的男人互相拍肩，「搭背拍肩」這動作還算是男子氣，不過他們長得美中不足……

看了之後，雖然也算賞心悅目，但那是以看姑娘的標準，這鷹族之主也討不了她歡心。

茉阿想了想，再度認定男子就該長得像她父親一樣，伸手可障日月，眼可觀四面八方，法力無邊，成為四海八荒中最震撼的存在。

重申，如果是這樣的男人，就算怒了面如鍋底，怒吼跟打雷沒兩樣，她都還是可以忍受的。

在龍敖與殷宇他們敘舊的片刻，她又往周圍看去，想到等會兒龍敖要介紹自己，多是又把溺水之事拿出來講，她就直覺地想要避開。

龍王 III

何況這裡多的是新鮮事物，茉阿恨不得一下子看完所有的地方。

她也不是不穩重，但年紀輕又好奇心重，這時靜不下來也是意料之中。

茉阿一直生活在七頭皇城，平日再怎麼晃蕩也是在阿修羅的地盤裡，這四大阿修羅國她是走遍了，不過……

出了阿修羅道，她就是頭一遭，要說是土包子也差不多。

她原就是個好奇的直爽小姑娘，現在打扮成男的，更是肆無忌憚地滿足她的好奇心，不止親身要去探險，想法更是千奇百怪，天馬行空。

這鷹族也不是每個人都能飛高飛低的，鳥當然是可以飛，雞可就不一定了，但怎麼說都還是同類，茉阿想著想著，覺得有趣就笑了出聲。

「小兄弟，什麼事情這麼好笑啊？」

這聲音清脆悅耳，世上好聽的聲音多的是，尤其是阿修羅道，他們隨手都能奏出一首來，但這聲音真是震得茉阿臉色發青……

「你……」

眼前一個束髮金冠少年站在茉阿的面前，他的肌膚很白，欺霜賽雪的白，白得都快要跟他身上那件衣裳合而為一了，手上拿著搖扇，時不時地動一下……

「天氣又不熱，拿著扇子搖阿搖，未免太做作了。」

被說做作，少年只是微微一笑，不是太在意，「茉阿，妳怎麼也出門了？」

「你怎麼在這裡？」她低聲。

「這兒是長羽毛的大本營，我出現在這兒有什麼希奇的？總比妳這個阿修羅出現在這裡正常得多了。」

「噓……」她看看周圍，還好沒人聽見，「不要亂說話，快老實交代，你究竟是易天還是易地？」

「唔，你想要我是易天還是易地？」他一副輕挑的模樣。

「拜託，我現在沒有空陪你玩，先把實際的狀況跟我說。」

「我是易天。」

「好，我跟你說，易地，你今天要是揭了我的底，我就把你的毛一根根拔下來，然後烤得香酥可口！」

「真沒趣，又被妳猜中了。不過，妳平常不都吞香吃花的，要烤得香酥可口做什麼？」

「我送給乞丐吃不行嗎？」

「要是把我烤得香酥可口，妳不怕易天也死翹翹了嗎？」

「等你死翹翹，我再來想法子救他，快點把易天找出來，易天在哪裡？我要跟他說。」

她閉上眼睛，將頭轉上一邊，表示她已經懶得在這討人厭的易地身上浪費時間了。

「茉阿？」他臉上露出十分掙扎的表情。

茉阿張開眼，「易天？」

他又露出痞痞的笑容，「還是我，易地。」

要她？

茉阿不動聲色地移過去，腳落在易地的腳上，狠狠地踩了下去，還用力磨了幾下。

他痛得齜牙咧嘴卻不敢出聲，茉阿卻連眉毛也沒抬一下。

「你快點讓易天出來，否則，等一下我就不理你了。」

「偏心哪！茉阿，我一直想問妳，妳跟易天是朋友，跟我就不是嗎？」

「當然也是。」茉阿坦然。

聽她這麼說，易地的表情從原先憤憤不平轉變，似乎平靜了許多。

「那妳為何總是要找易天？」

「現在是什麼地方？你居然要跟我爭辯這個問題？」

「妳不說清楚，我就不讓易天出來。」

「因為我想聽真話，不想浪費時間繞圈圈。」她發愁了，「我拜託你，易地，你就這樣拖著時間？不怕被別人發現我的身分，讓我陷入危險？」

「哼……」

易地還是有些不甘願，但轉瞬，那輕挑的眼神斂去，一直執著摺扇搖晃的手垂下，他緩緩閉上眼睛。

茉阿期待地呼喚，「易天？」

再次睜開眼睛，裡頭閃著穩定明亮的眸光，眼神不再飄忽不定，這個男子竟然就在轉眼間，氣息完全不同，如同換了一個人似的。

「茉阿？」

「易天……」茉阿上前拉住他的手，「你怎麼沒跟我說就走了，居然在這裡見到你。」

易天與易地是共命鳥，他們一身兩命，一善一惡，是茉阿的好友，明明是天鳥，但因為阿修羅王恩賜，准許他們經常在七頭皇城之內走動。

茉阿多疑的個性，除了她是個阿修羅之外，大半都是拜易地所賜，也是因為易地，讓阿修羅王覺得他們十分有意思，才有機會接近茉阿公主。

他們看起來年輕，但幾乎跟遠古天神一樣年歲，歷盡百千劫。

「茉阿，妳不是見過我們真身？我們就是鳳凰。」

現在朱雀之主是鷹王陛下，但茉阿可是見過易天、易地的原身，他們切切實實就是雙頭鳳鳥。

當回復原身的易天休息時，會將頭藏在易地的頸邊，在外人看來，就只是一隻鳳凰，絕不知道他們是共命鳥。

鳳鳥已經夠少見了，更何況是親眼看見共命鳥？若不是易天和易地想讓人發現，任誰也不知道他們是雙生共命。

普天之下最後一隻共命鳥，就在他們阿修羅道安靜地度過萬年。

這朱雀原本就是一隻鳳鳥，由易天來替朱雀之主講述遠古典籍也不是不能理解的。

「當年天帝本屬意我接替朱雀之主之位，但是……」

不用易天說完，茉阿就明白了。

易天要當朱雀之主是沒問題，但易地出現的時候怎麼辦？

要是他們當了朱雀之主，難保不會天下大亂？

「最後天帝答應了我們的要求，但每隔一段時間就會來這裡，為鷹王陛下講述朱雀的典籍，實現當年我的承諾。」

「原來如此。」

易天執起她的手，「妳怎麼變成這個樣子？」

「你還沒聽說？」

易天想了想，微微瞇了瞇眼，像是在搜尋什麼……

茉阿知道，易天對流言蜚語一向不放在心底，但眼前表情又好像記得。

「好像知道一些。」他笑了。

「該死該死……一定是易地，沒事記這個幹嘛？」茉阿臉上飛紅。

這易天沒聽說也就罷了，易地還特地把她的糗事藏在他們兩人共同的記憶之中，分別是恥笑她，想給她難看。

「妳怎麼會跟龍宮太子在一起？」

茉阿沒有直接回答他的問題，反而給了他一個問題。

「易天，你覺得龍敖如何？」

「不錯。」

他就給出兩個字，茉阿聽了心涼了一半。

如果是易地說出「不錯」這兩個字，茉阿可以肯定龍敖必是阿修羅之友，但如今卻是易天……

原來龍敖竟是天龍太子，她雖然心裡已有預感，但還是有一種說不出來的失望。

「茉阿……」

她從小就有個習慣，碰到不能解決的事，茉阿就選擇逃避。

「我不想再談這個問題。」

「茉阿，他們來了，我們等會兒有機會再細聊。」易天鬆開了茉阿的手。

果然，龍敖領著鷹王殷宇兩人一齊朝著他們走來。

「茉阿兄弟，我來介紹，這是鷹王陛下……」

茉阿原先挺直著腰桿只是點點頭，但一旁易天不斷使著眼色，她雖然心裡不願意，還是拱手施了個禮。

「陛下。」

「不用多禮。」鷹王的態度一貫冷傲，「既然是龍敖的朋友，也是鷹族的朋友。」

茉阿在心裡冷笑。

要是殷宇知道她是個阿修羅，不知道是否還會這麼想。

「謝陛下。」

殷宇轉向易天，「太師與茉阿兄弟談得投緣？」

易天點了點，「呵呵……老夫很久沒見到那麼有趣的年輕小夥子了。」

他那長相還稱「老夫」？茉阿聽了差點沒笑出來。

「見過太師。」龍敖向易天行禮。

易天一揖，「拜見太子殿下。」

原來他們是認識的。

茉阿有些不高興。

這易天、易地兩人怎麼一次也沒跟她提到他們出來的目的，也沒跟她提過這些人，他們居然跟龍敖認識，看起來還很熟悉。

就在這幾人寒暄個沒完的時候，一個華麗裝扮的女孩出現在宮殿邊……

「敖哥……」

敖哥？什麼噁心的稱呼？

茉阿偏過頭去，見到龍敖面上的笑容，不由得心中一沉。

不一會兒，那女孩就如乳燕投懷般奔入龍敖懷中。

這個女人是誰？

茉阿打量她身上的裝扮，那多彩和華麗的用色讓她聯想起花俏的孔雀。

她再細看，這個女孩的腳步虛浮，身上的衣飾過於繁複，絕不是鷹族的戰士。

而鷹族男男女女都是戰士，就連剛才迎接龍敖的人，也是男女各半，但現在為何會出現一個柔弱女子？

而且還跟龍敖不避諱地親近？

茉阿剛才雖然在心底對鷹族冷言冷語，但是這朱雀之主在四靈神之中是有見地的，尤其是嚴刑峻法，全城皆兵，不論男男女女都有強大的戰鬥力。

這些個好處，在崇尚武力的阿修羅看起來，即使是天神的一方，他們也不吝於讚美，不否認鷹族的優秀，尤其是剛才見識過他們的武力和守備之後。

這宮殿易守難攻，又位於山之頂峰，終年在雲霧之中，讓人摸不清他們的底，是最適合鷹族的宮殿。

在這種地方，要一個衣飾華美的公主做什麼？

是的，茉阿發現了這個叫紋紋的女孩身分。

茉阿不是笨蛋，在總結過她的觀察之後，就知道這個女孩是誰了。

她是鷹王陛下的妹妹。

「紋紋過來，我替妳介紹，這是我新認得的小兄弟茉阿。」

她臉上露出的笑容也沒有鷹族倨傲的神色，反而帶著小女孩的天真。

「茉阿小兄弟你好啊！」

誰小還很難說呢？

茉阿心裡很不服氣，但在易天的眼神強迫之下，還是又見了禮。

「茉阿拜見公主。」

她現在很後悔叫易地去睡覺了。

要是易地在場，有他在一旁助陣，他們一定可以好好地鬧上一場。

茉阿回頭甩一個白眼給易天，當她再回過頭，看到龍敖的笑容，不知道為何總有胸悶之感。

難道她溺水大劫之後有了病根？

易天觀察著茉阿的表情，心中隱隱有些覺得不妙。

這天上人間巧合不少，不會就這麼巧吧？

一直深處在深宮的芬陀利華茉阿公主會喜歡上龍敖？

不不，那聽起來絕對不是件好事。

情事難斷，更何況易地他……

他們這麼多年都待在阿修羅道，絕不是為了親眼見到這天。

他們兩身共命，早就深陷其中，絕對不能讓這事發生。

第五章

就算有些失禮，茉阿也顧不得了。

鷹王設宴款待龍敖，茉阿見鷹族公主如小鳥依人般坐在龍敖身邊，突然覺得肉麻噁心，實在不想看下去，託詞身體不適，回房休息。

反正人人都知道她是溺水被龍敖救起的，她有點不對勁，大家也不覺得奇怪。

見到華麗的住所，茉阿很驚訝，果然不愧是皇宮內，就連貴客的跟班也能有如此的待遇……

她走進去，有人從門後現身。

「易天……」

他神采飛揚，「小的在，公主有何吩咐？」

那痞痞的表情不太出現在易天臉上，這人是……

「易地？」

「怎麼那個表情？」易地不愉快了，他背過身子生悶氣，「妳要是不想見到我，我就去喝兩杯醉死，讓易天也見不到妳。」

這同歸於盡的論調就是易地的風格。

「等等……」

「我連酒都不能喝了？」

「不不，你來的正好，我就是要找你。」

他偏頭看她，「真的？」

「那還有假？」

喔？「不是找易天？是找我。」

「你再問，我就要生氣了。」

「別生氣、別生氣……」易地喜孜孜地，「這都怪妳，誰叫茉阿妳難得找我，我懷疑一下也是正常的。」

茉阿苦笑，也不能說她難得找他，而是他每回說話沒個正經，真要找人商量時，實在是派不上用場，但解悶……

那就非得要他不可。

她現在真的悶得很。

「易地，你說我比那個殷紋如何？」

「妳的意思是……」

茉阿嘟起嘴，「她長得挺漂亮的。」

「有什麼好比的？妳可是阿修羅的芬陀利華公主，是六道之中最美麗的女孩，我不用再多說了吧？平常讚妳的話，妳應該聽得耳朵都要長繭了。」

「你可以再說一次。」

「茉阿？」他驚了。

「怎麼了啦！」

「妳是被附身了嗎？我以前認得的茉阿公主哪兒去了？」

她失去了自信。

茉阿很沮喪，「就被困在這裡，你看……」

茉阿伸手就要扯衣領……

「哇！我不要看。」易地遮住眼睛尖叫。

「看吧，連你都不想看……」

「喂！」易地放下手，五隻指頭全是張開的，「妳看我這手，能遮得住什麼？沒看到我這指頭全都是縫嗎？剛才我可是看得一清二楚。」

「算了，除非你喜歡男人，不然現在也沒什麼好看。」

「其實人喜不喜歡誰，也不純然是因為外表……」他想了想，「也不僅只是男身女身的問題。而且……就算是男人，也沒人動不動就脫衣服的。」

「說什麼呢！」茉阿雙手攏好衣裳，忿忿然地坐在床邊。

「相處之後會有很多想法，喜歡一個人的時候，會覺得那個人可愛，怕自己被拒絕，怕表白後……對方不愛自己，又怕那人會離開。」

「那為什麼會喜歡那人？因為長得漂亮？還是個性善良？還是善解人意？」

「那可不一定，就算惡貫滿盈，也是會有人喜歡的，那就是因果。」

茉阿興起了一絲希望。「所以男人喜歡男人也是有可能的？」

「但陰陽才能化育萬物。」

她頹倒。

「說來說去都是廢話。」

「但妳沒事探究這個問題做什麼？不會對天神有興趣吧？」

「又說廢話！我是個阿修羅。」

「我還以為妳忘記了。」

「就算阿修羅還是可以跟天神做朋友啊！易地，你不就是天神之一嗎？」

「我可不承認。」

茉阿臉色大變，「你不承認是我的朋友？」

「妳腦袋真的是壞掉了。」他拍了茉阿的頭一下，「我不希罕當天神啦！」

茉阿鬆了口氣，這易天、易地可是她最好的朋友，對她很重要的。

「其實當天神也不錯，鷹族的公主美得要命，很多人說天女長得如花似玉，看來也有幾分道理，不是騙人的。」

「茉阿，鷹族的公主也是天女沒錯，鷹王陛下和龍宮有默契，等到太子登位的時候，就會下聘納采……」

「我明白了，難怪他們看起來那麼親密。」

「所以殷紋不用學武。」

「嗯。」

因為她將來要到龍宮之內享福。

「茉阿，妳要是煩惱這副打扮，不如我替妳換換……」

他掐了個訣，想替茉阿換成女裝……

不成。

他的失敗在茉阿看起來是理所當然的。

「易地，別費心思了。」

「咦？怎麼會這樣？」

「這阿修羅王下的禁制要是那麼容易被改，也就不必麻煩他們了。」

「他們？」易地大驚，「還不止一個大王動手？」

茉阿用手指比了比，「四個。」

「集四大阿修羅王之力把妳變成男的？」易地覺得好玩了，「快點告訴我，妳到底又做了什麼驚天動地的大事？」

「你不是什麼都知道了嗎？」茉阿瞪了他一眼，「又要我說？」

易地大笑，「我是聽說了如意寶樹被砍的事，正想有這本事讓花鬘王和勇健王聯合大軍去砍樹，八成跟妳脫不了干係，但沒想到還有別的，怎麼我們才走沒多久，妳就犯下這麼多大事……」

「還說，你們沒有義氣，要是再晚回來，父王說不定把我嫁到哪個鬼地方都不知道，看你們回來怎麼找我！」

「嫁？」易地臉色鐵青，「大王為什麼要把妳嫁出去？」

他那俊秀的臉龐一向都是平易近人的，就算是不高興，也總像是孩子發脾氣，少有那種有稜有角的表情，更不可能有現在這種寒冰般的氣息。

「可不是嗎？」茉阿嘟著嘴，表情非常可愛。

以茉阿尊貴的身分和地位，要在阿修羅道選個人，當然非威能強大的阿修羅王莫屬。

但茉阿誰也看不上。

要比本領強大，誰能比得過她的父親，就算只是個女人，她仍然是個阿修羅，這最強大的王，已經是她的父親了，她要第二做什麼？

阿修羅跟天人一樣是上古神祇與天地共生，自然覺得地位跟天神相同。阿修羅的美女於六界之中，顛倒眾生，又自認較天神優越。

他們嫉妒心重，爭強好勝，就連茉阿眼中也從來不見安寧忍讓。

他們從不在阿修羅界幻想歌舞昇平。

當然，不是他們不會歌舞，阿修羅一族的樂音迷人，美女如雲，只是沒有昇平假象，什麼都要爭奪。

對於姿容美麗，阿修羅視為平常，而茉阿公主更是其中之最。

她的美貌不用別人說，只要她認了第二，那就沒人可以第一。

「大王替妳找了什麼對象？不可能是花鬘王和勇健王吧？」易地用排除法，

「那應該是羅睺王。」

「你猜對了。」

「真是羅睺王？」

茉阿公主點了點頭。

「我正在想，修羅就這四個大王，你要是還猜不中，那我該怎麼給你提示。」

「告訴我，妳究竟犯了什麼事，大王居然要把妳下嫁給羅睺王。」

「怎麼就說一定是我犯事？這羅睺王也不是不好，人家好說歹說也是一個阿修羅大王……」

「他有四個老婆了。」

「是啊！我當初也是這樣跟父王、母后說的。」

而且她不止說了這個，還說了別的……

但首先，她倒是因為這事瞭解了一件事，而且是有關這一團亂七八糟起源的那個開頭，也就是那棵如意寶樹。

這如意寶樹呢，茉阿已經完全看開了，從這樹名開始就是一個反話，唬人的。

為什麼她這麼說呢？

想想看，那如意寶樹種在阿修羅皇城裡，卻沒有一個人吃過它的果子（至今他們說香甜，她還是存疑的）。

茉阿本著阿修羅多疑之本，不像那些容易動怒的叔伯們，一想到那果子很甜就發脾氣，這搞不好從頭到尾就是一個騙局。

花鬘王和勇健王砍了那樹有如意嗎？

並沒有吧？

沒多久甘露從天上灑下，那樹又活了過來不是嗎？

而她也不過想要解惑，想知道那樹可以長多高，想知道那樹是什麼奇樹，但提了那樣之後……

她有如意嗎？

當然沒有啦！

她惹父王發了大怒，現在父王又嫌茉阿是個麻煩，要把她嫁到別處去。

在茉阿看來，這如意寶樹真真切切就是一棵災殃樹。

知道了這事，她呢，很聰明地避開那樹，她知道，要轉變命運，除了靠母后幫忙之外，還要避開那倒楣樹。

一聽到父王有意和羅睺王聯姻時，茉阿本著這個原則，擬了一個腹案，但要證實這個消息，先得要去母后的寢宮打聽打聽……

第十八章

「母后，羅睺王已經有四個妻子了。」

茉阿想過，她要嫁自然就要嫁一個大英雄。

她也說過好幾次，這修羅道最大英雄就是她父王了，羅睺王也不是不好，但她要「第二名」做什麼？她已經有了第一名老爹。

何況沒跟花鬘王和勇健王打上一架，又怎麼知道是不是「第二」？

而且這想法絕對不是只有她一個人有，羅睺王多半也是這樣想的，不然他也不會娶了四個老婆，想到他那四個老婆，她就頭疼……

「茉阿，妳不是早就知道羅睺王的妻子是由意念生成的嗎？」

「我知道，不但四個妻子是由意念所生，還有一堆侍妾、侍女全都是……」

「是啊，乖兒，既然妳都知道，那又有什麼好計較的呢？」

拜託，就是這樣才要計較吧？

「母后，別人娶老婆，要去追求，再下流一點，也是要花點代價買來，我曾

龍王III

聽共命鳥的易地跟我說，凡人婚配總要花點錢，這樣才會珍惜，您想想看，連凡人都要用買的，那羅睺王隨便想想就一大堆，要多好看有多好看，要多美有多美，那就不希奇了。」茉阿靠在母親懷裡撒嬌，她喜歡母親身上的香味。

王后已經有點糊塗了，「買？妳是想要羅睺王花錢來買妳回家嗎？」

「才不是！」

「那是什麼意思呢？」

「我不管啦，不管是用什麼方法，總之要費點功夫才能把人帶回家。這修羅大王居然只憑空想想就把女人想出來了，而且除了四個妻子，還想了其他的宮女、侍女、侍妾，愈想愈多，一整個沒完沒了，我就算再怎麼心胸寬大，也是一個阿修羅，母后，萬一我將來受不了怎麼辦？」

「受不了會怎樣？」

「就夫妻失和啊！妻妾爭鬥？」

「這樣就不好了，妳忍耐一下。」

「我看起來像是會忍耐的料嗎？」

「不然……我們請他少想一點出來？」

天哪！實在是對牛彈琴。

在跟母后解釋不通之後，茉阿的這條路算是斷了。

這也不能怪母后，跟其他阿修羅不同，母后嗔心並沒有那麼重，因為茉阿的外婆與花鬘阿修羅聯姻之前，曾是個以香為食的樂神，當然天神們對樂神「墜入修羅道」這件事很不滿。

王后和茉阿身上淡雅的香氣，都是母系的傳承。

茉阿小時候聽到時，心裡就想，天神們實在太小氣了，有好幾千個香神、樂神，送一個給阿修羅又如何？他們實在太小氣了。

就像她現在覺得羅睺王，有四個老婆就已經很多了，居然還想出一大堆侍妾、宮女什麼的，也實在太貪心了。

現今只有她一個人在這兒，連想找個人商量都不行，共命鳥易天、易地又不在。

父王和母后一心想把她嫁出去，當然不會聽她的說法。

在他們想法中，人皆有愛美之心，而且羅睺王除了愛美之外，也沒有什麼缺點，在這修羅道之中，若是還選得出配得上他們愛女的男人，應該就是他了。

從這裡找不到出路，茉阿也不著急。

既然撞了牆，那就轉個彎，別硬是要撞死不成。

「咦，今天不是羅睺王威震諸天的日子嗎？」

這羅睺王每月都會定個兩天來威震諸天，茉阿曾經聽說過，也好奇地想要知道真實的情況是什麼樣子。

反正這個羅睺大王她也不是不認識，不如就直接去找他吧？

茉阿其實也不是討厭他，但羅睺王跟其他王不太相同，他們從小認得，她在心裡總是把他看成是哥哥一樣，怎麼會有嫁給他的想法？

不如趁著父母有這種想法，她直接去找他，兩人培養培養感情，說不定「不小心」可以看出他許多優點，那就順理成章，成就了一樁好事。

茉阿是覺得不太可能，想那羅睺王如果有什麼讓她喜歡的地方，她也不可能直到今天還一點都沒看出。

茉阿平日是沒少闖過禍，聽到她主動提起要去羅睺王那裡玩，這裡還不是人人額手稱慶，喜孜孜地送她出門。

羅睺王的皇宮其實比起他們來說，也不算特別大，就算比起茉阿的母族花鬘一脈的皇宮，也是如此。

不過羅睺王很會享受，又好布置，經常是金光燦爛，令人目不轉睛。

但讓人一看就移不開目光，有時會有幾種不同的說法和看法，茉阿經常覺得

龍王III

羅睺王的品味跟一般人有極大的差異，這不太好說。

茉阿行經林樹都掛滿金飾，有些上頭還掛滿寶鈴……

鈴鈴鈴……

因為實在掛得太多，風吹過時，她還被吵得驚跳起來。「搞什麼鬼？」

鈴鈴鈴鈴鈴鈴……

而且一直吵個不停，實在讓人有些緊張不安。

不遠處有光線反射金光，茉阿沿著這些寶樹來到發亮的池子附近，卻被震撼得遠遠站著，不敢靠近。

眼前這無疑是一個蓮花池，她會這麼說，是因為裡頭種了許多美麗的蓮花。

總之，蓮花種在水裡，叫蓮花池是絕對不會錯的。

是浴池吧？

她之所以懷疑，是因為這池子是黃金蓋的。

其實如果只是黃金，那也還好，但那偏偏不是普通的黃金，這羅睺王不知道哪兒弄來的，那金色淺得很，還像閃電一樣的亮，讓人遠遠一看就覺得刺眼。

鈴鈴鈴鈴鈴鈴……

更別提周圍有那些掛著鈴的「吵樹」，茉阿被吵得頭痛得要命。

澡池裡頭有蓮花算是風雅，其他幾位大王也常這麼做，但是……

為什麼都是金色的啊？

金色池子和金色蓮花，不覺得有些俗氣了嗎？

多少加一點其他顏色吧？像花鬘王的皇宮就有七彩蓮池，多美啊！

總算，茉阿在池子裡找到一點新的顏色，不過……

在池子裡放珊瑚樹……那是為什麼啊？

這池子不是洗澡用的嗎？

羅睺王不怕被刺到嗎？

不怕屁股有風險嗎？

聽說男人的屁股也是有貞操的，上回聽說有幾個守衛同性相戀（如果讓她父王知道她聽別人說過，可能會再重新打算剝她的皮）。

而且，這珊瑚也全都掛上那「吵鈴」了。

鈴鈴鈴鈴鈴……

別的地方把鈴繫在水中不會響，但這些寶鈴可不一樣……

「公主……」

茉阿轉頭一看，不遠處來了大批人，不時還傳出嬌笑聲，定睛一看，那被簇擁中，身形巨大的男子不就是羅睺王嗎？

鈴鈴鈴鈴鈴……

茉阿小心控制著想大吼的心情，這鈴聲真的快把她弄瘋了。

「茉阿拜見大王。」她嬌滴滴地施了個禮。

想必是有人通報她來訪，茉阿公主既然是羅睺王的正妃人選，當然不會有人阻她進出羅睺王的處所，不過修羅王的皇宮也不是要來便來，要走便走的，通報一聲很自然。

自從剛才她看了那裝飾過度的園林之後，她以為不會再受到驚嚇，但她錯了，她實在錯得太厲害了……

隨著羅睺王靠近，天上有鳥兒飛翔，雙雙對對，而且全都是金鳥。

這天上人間的鳥兒都以五彩斑斕為美，雖說在六道之中金色是最莊嚴的色彩，但普天之下，就只聽過大鵬金翅鳥這族。

茉阿暗嘆，眼前這方方面面四處全是金色裝飾也就罷了，怎麼他連鳥兒都能搜得到全金啊？

厲害的話就弄來大鵬金翅鳥，弄這鴈、鳧、鴛鴦做什麼？而且還成雙成對像行軍一樣，難不成他們阿修羅大軍要加上鳥隊？

龍王III

「臣妾見過公主……」

一陣異香傳來，茉阿抬起頭來。

羅睺王妃諸香正朝著她盈盈一拜……

「王妃免禮。」茉阿扶起諸香王妃。

之後數妃輪流行禮，這四妃分別是如影妃、諸香妃、妙林妃、勝德妃，四人各以她們的長處命名，身材曼妙、散發異香、溫柔嫻淑的，更別提大王身後那群美麗侍女，讓人看了都眼花繚亂。

茉阿看到這四個美麗的女人之後，終於懂了。

這羅睺王都能憑空想出幾個女人，那想出幾隻鳥來還有什麼問題？

唉，被母后聽到又會說她言語粗俗。

總而言之，這金鳥哪是那麼好找的？

六道之中的「金鳥神」大鵬金翅鳥王跟龍王的地位相同，會隨便放他們來阿修羅道嗎？

「茉阿公主還滿意這個園林嗎？」他表情得意，像是獻寶。

「大王的園林四出妙音，見者悅樂。」

她可真是會閃避啊，明明吵得讓人頭疼。

「那蓮池呢？」

茉阿聞言轉向旁邊一看，正好一對金色鴛鴦滑入水中，茉阿看著那水中的珊瑚，不由得替牠們提心吊膽。

還好，珊瑚不是金色的。

但茉阿聰明，她可不會去提醒羅睺王。

「真金為地，色若電光，實在是奇景，茉阿佩服。」

聽她這麼一讚，羅睺王哈哈大笑，心情顯得極為愉悅。

但當他再問到鳥，茉阿還是避重就輕地回答。

龍王III

「金色莊嚴。」

「沒錯，那天神怎麼比得上我們的園林莊嚴，我們阿修羅界才是六道之中最莊嚴端正之所，公主，妳喜歡什麼顏色？」

「茉阿喜好七寶色系，就是什麼雜色都有的。」

「那有什麼問題，賞給妳了……」

羅睺王微微閉目，當他睜眼，大手一揮，無數七彩鳥兒飛向諸樓之間。

茉阿看傻了。

希望他不要叫她帶鳥回家。「謝大王恩賜。」

「公主今天怎麼突然決定大駕光臨？」

「茉阿聽說今天是大王威震諸天神的日子，想來見識見識。」

「喔呵呵……怎麼茉阿公主說的話，本王是怎麼聽就怎麼順耳呢？」

茉阿笑了。

這羅睺王除了審美觀和她一樣有本質上不可撼動和融合的歧異之外，也是有很多優點是她所羨慕的。例如他那露出嘴的獠牙，就連平常不生氣的時候也遮不起來，光這點就比她父王好看得多。

還有那低沉的吼聲，雖然不如她父王雷鳴海嘯般的吼聲震撼，不是六道中數一的人物，但少說也是數二。

更何況他嘻笑怒罵隨心所欲，想做什麼就做什麼，想吃什麼就吃什麼，也是豪爽個性，作風豪邁，茉阿對這點是很欣賞的。

「大王，請問您每個月都是如何震攝諸天？為什麼要這麼做啊？」

「公主，妳可知本大王有什麼本領嗎？」

茉阿本想答「用意念變出女人」，後來想想還是算了，於是說了個中規中矩的回答。

「大修羅王皆有大神通力，可與諸天對抗，羅睺王還有大力幻化之能，如山高大，力抗諸天。」

來，給自己拍拍手。

「沒錯，雖然我們可以在天界行走，卻沒有一片可立足之地供我們安身立命，以致於阿修羅要住在海底，而且還在大海水之下，妳說這公平嗎？」

「不、公、平。」

她真乖巧。

「茉阿公主妳放心好了，大修羅王才不會認輸，他們以為把我們趕到海底就眼不見為淨？」

茉阿露出仰慕神情，「不然大王有什麼方法？」

「我呢，每月就施展神通，從這裡一路伸展到海面上，讓他們看到我……」

「好耶好耶……」咦，她突然想到，「呃……要是他們沒看到呢？」

「不可能。」

「如何不可能？大王還能再長大？」

「沒錯，我會再伸展到天上，手撐著山邊……」他比了動作，「我就這麼探頭看他們天宮裡頭。」

聽到這兒，茉阿也覺得有些不對勁了。

那動作怎麼看都像是在偷窺人家吧？

「大王，那天女長得怎麼樣？」

「普普，還不錯。」

諾，說漏嘴了吧？說漏嘴了吧！

家裡有那麼多美女，每個月還要偷偷去看天女兩次，未免也太頻繁了吧？

「既然公主今天來了，本大王就大大地展現我們阿修羅的神通力，讓妳看看什麼才是力可抗天，再把日月摘下來當耳環。」

「好耶好耶，那我們什麼時候要開始呢？」

火上澆油她最會，都已經來了，茉阿可不會錯過湊熱鬧的樂趣。

「現在就開始，現在就開始……」

只見羅睺王大吼一聲，四周美女慌亂地走避一旁，只留好奇的茉阿站在一邊，羅睺王身形愈長愈高，他伸手一撈，就把茉阿公主拉到肩上，她由下往上看，正好看到羅睺王巨大的鼻孔……

哇，深不可測的黑洞啊。

他愈長愈高，速度很快，但還算是穩，茉阿小心謹慎地抓住一條他裝飾的纓絡，慢慢爬過去，找根牢固的頭髮抓穩。

這時突然有個不吉利的想法。

這羅睺王要一直長上天庭去？

那不是「人形倒楣樹」新解？

不不，那是「阿修羅如意樹」之新解啊！

有趣有趣。

茉阿很後悔自己以前沒來參觀過。

她現在覺得有趣，之後就後悔了，她早說那如意樹是倒楣樹，就連名兒或行為沾上都要倒楣的，偏偏還硬是跟著去。

羅睺王使神通，茉阿立在他的肩上，不一會兒就升至阿修羅道與大海水的界線。

眼前出現一個朝上的大風輪，海水就這麼在風輪之上，一滴也落不下來。

「大王，這是……」

「這是『不墜』。」

羅睺王已經變得很巨大，茉阿只好想法子也長大，不然在他肩上愈來愈小，風一吹就被吹跑了。

她就算再怎麼不精進自己的功力，怎麼說也是一個阿修羅，這個能力還是有的，畢竟她是阿修羅王的公主。

「大王……」她努力湊近羅睺王耳邊，「這風輪叫做不墜？」

「沒錯，修羅道之所以可以在大海水之下而不受海水侵襲，就是因為有『住、安住、不墜、牢固』四個大風輪穩住的關係。」

她每天吃喝玩樂，從沒有想過大海水為何淹不下來的事情，茉阿仔細看這幾個風輪，這修羅之力在風輪上體現得極為完美，完全就是一個傑作。

「公主，我們要上去了，妳先施仙障避水。」

「我……還不會。」

「那不要緊，我把妳護在我的仙障之內，妳吸口氣，以防萬一。」

有人靠的話，她還不會就太傻了一點。

於是茉阿深深地吸口氣，羅睺王幾乎在同時衝破海水。

這大修羅王的神通不同一般，茉阿雖然感覺得到海水的壓力，但那水絲毫濕不了她的身，四周出現巨龍迎向羅睺王。

茉阿聽過，這修羅道的周邊住的龍族都是修羅的同伴，沒想到真的這麼友善，幾乎是伴著羅睺王出海。

說來迅速，但從修羅道衝上海面還是花了一點時間。

茉阿雖然努力維持著她在羅睺王肩頭「小巧」的身形，但隨著他衝出海面再往天上衝，她已經有些吃不消了。

「大王大王，你慢點……」

「怎麼了，公主？」

羅睺王撤掉仙障，他伸出手來，茉阿從他的肩頭跳到手上。

要怎麼說才好？

羅睺王問原因，茉阿又不想示弱，只能東拉西扯地與他交談。

「你看，那是什麼？」

龍王III

此時一匹天馬拉車經過羅睺王的頭頂。

「那是天馬。」

「原來是天馬……」茉阿又看向別處，「大王，那車裡頭坐著誰？」

車裡的天將一見到羅睺王就急急策馬走了。

「那是值星的日神在巡邏。」

「喔，是日神啊……原來日神每天都在我們頭上走。」

羅睺王怒了，「日神是什麼東西，為何可以在本王頭上走？」

「大王說的是，但除了日神，其他的天神也是每天在我們頭上走吧？」茉阿毫不知情地火上澆油。

羅睺王憤怒，他有那麼大的能耐，那些小神哪看在他眼底，偏偏這些神小是小，每天卻可以在他頭頂上晃來晃去，就是看扁他。

他怎麼可以忍受這件事。

羅睺王憤怒大吼，「待我回去便找其他王一同出征滅了他們！」

這這這……事情怎麼會變成這樣？

第七章

她輕描淡寫地說過，卻惹得面前的人笑得樂不可支。

「嘲笑我？易地，你不要太過分。」她警告那個不識相的共命鳥。

「羅睺王每月兩次偷看天女的行為已經持續很久了，怎麼遇到妳去就會出事？茉阿妳的本事可真大。」

「我怎麼知道？」

「幾個大修羅王的火氣都很大，見到他們生氣妳就要閃開，還火上澆油做什麼？」

「我怎麼知道他們在生氣？他們又不像我父王一生氣會冒出火來，我看不出來啊！不過我現在知道為什麼羅睺王的皇宮叫做光明城了，那整個皇城金燦燦的，我看得眼睛都痛，當然看不出他臉色難看，心情不好。」

「唉呀，不會看臉色也是一種重病吧？」

「易地，你信不信我烤了你？」

龍王III

「鳳凰已經到瀕臨滅絕的地步，何況是化身鳳凰，請公主您手下留情，我怎麼敢惹妳呢？連阿修羅王都快被妳氣死了……哎呀……」易地往旁邊一閃，躲開一個火球。「我說妳們雖有御火的本事，但別在人家宮裡放火，等一下不好解釋。」

他手忙腳亂地滅火。

「這全都怪你們，誰叫你們一聲不響就離開，害我連個商量的人都沒有。」

「我們也沒想到妳一會兒功夫就可以惹出那麼大的事，後來怎麼樣了？」

「天女們看到羅睺王大吼就嚇壞了，四處奔逃，還有幾個漂亮的天女差點跌了下來，簡直是大亂啊！」

「那他不是更生氣？」

「沒錯，我剛才不是說過了，他不高興他們在頭上亂走，現在他更火了，身形愈來愈大，最後還伸手障住日月……」

「這是為什麼啊?」易地實在不能理解那大王的想法。

「沒什麼……」茉阿揮揮手,像是很稀鬆平常地替羅睺王解釋,「他覺得我們都住在海裡啊,每天要靠寶珠照明,憑什麼他們大放光明?他要讓他們像冥間一樣黑漆漆的。」

「天哪……」

「還有更恐怖的,他叫來花鬘王和勇健王,結果他們兩個一到,才聽到他說了一半,居然全都發火了,新仇舊恨全都上來……」

「喔?只叫來花鬘王和勇健王?」

「怎麼可能?我父王也來了,在他們氣沖沖地整軍待發,準備攻上天庭的時候,他氣得頭頂冒煙,口中出火直往我衝來,我本來站在暴跳如雷的羅睺王肩上,才看見父王過來,就嚇得一不小心掉下來,幸好他巨手一伸……接個正著。」

茉阿回想起父親的表情，現在還是嚇得顫啊顫的。

＊＊＊

「我說妳一天不惹事行嗎？」

「我這不就陪著羅睺王上天看天女嗎？」

「妳再說一遍。」

「不不，我是隨著羅睺王上天去彰顯威能啊！」

大人明鑒，兩句都是「實話」啊！

「妳這個孽子……」他抓了茉阿就走，「妳跟我回去！」

可憐的茉阿回去就被軟禁，但茉阿覺得沒有道理，她小小一個阿修羅公主，能傷害到誰呢？

那大修羅王們齊備兵器，帶上文臣武將，齊與天神開戰，才是大事吧？

大修羅王們召集了修羅海上的大龍王做先行部隊往上攻，巨大龍身拍打著海面，連她在七頭城都可以感受到震動。

當茉阿再聽見大阿修羅王回來的消息，卻沒有人提到勝敗的問題。

這……又引起了她的好奇心了。

不過她四處問，都沒有人替她解惑，誰也不跟她說。

茉阿也不是笨蛋，知道是敗了。

如果贏了也就算了，知道輸的可能大些，茉阿就更好奇了。

她再怎麼想知道，也曉得不能在這個時候去問，人家打了敗仗回來還去問，又不是嫌命長。

雖然阿修羅幾乎是與天同壽，壽命也跟天神差不多長，但早夭、中夭也是時有所見，她……還是很珍惜自己的生命。

龍王 III

阿修羅道已經在大海水之下了，她不想再下冥府，向下沉淪啊……

等了好一陣子都等不到時機，但茉阿知道有件事她一定要做，這可不能再拖，而且不管怎麼樣都要硬著頭皮去做。

她必須去跟羅睺王退婚。

這婚約雖然只是雙方的默契，還沒有正式文定，但茉阿曉得若是婚約正式定下，那絕對是退不了婚，沒有轉圜的餘地。

試想大修羅王娶妻，怎麼可以隨意退婚？

父王和母后更是絕不可能退掉這門親，所以這件事只能由她自己來，而且非得要羅睺王與她心意一致才能退掉這門親事。

於是選了個吉日，這次茉阿學聰明了，特別避開羅睺王「威震諸天」的日子，選了一個時間前往光明城。

她才剛結束軟禁的日子，自由剛到手，不想再惹火父王，所以偷偷摸摸地，從寢宮走出，經過守衛時，還特地哼了首歌迷惑他們的心志。

芬陀利華公主的樂聲殊勝無比，令人聽了如癡如醉，不可自拔。

茉阿認為她要偷溜，如癡如醉就夠，不必到「不可自拔」的地步，所以稍減功力，放倒了幾個守備比較嚴厲的近侍，就直往光明城去。

到了光明城，羅睺王見到茉阿公主，如往例領著他嬌美的妻妾接見她。

茉阿在見完禮之後，正想找個適當的時機開口，沒想到羅睺王又問了些閒事。

「公主可有發現我這園林有什麼改變？」

茉阿一向粗心大意，變換得大，她也許還看得出來。

比如蛇面人身突然換了人面還可能看得出來，其餘真是沒有把握。

換言之，要是玄武的龍首龜身突然變成龜首龍身，在別人眼裡，這種變化是大的，但首尾調換這種她都不太容易發現，算是修羅道中最鈍感的女子。

龍王III

「大王這園林較之前看起來，更為華貴金燦。」

以她對羅睺王喜好的觀察，再沒把握，稱讚他金光閃閃也是絕對沒有錯的。

羅睺王仰天大笑，「果然是我的知音。」

他指著那入口的數道城牆，「妳看，我把它們全都換成淡金色的了。」

老實說，從金色變成淡金色，就算她貼著看，也是看不出有什麼大差別的，印象中……差不了多少。

「大王聖明。」

「喔呵呵呵，茉阿公主說話和彈琴都好聽，果然是六道中第一美女。」

茉阿低頭，「大王，六道第一，茉阿不敢認。」

羅睺王笑容一斂，「為什麼？」

「那天女比我美麗的人多的是，以前是茉阿見識淺薄，如今我怎敢妄言是六道第一？」

「哪裡的天女？」

「那次大王與諸天大戰之前，茉阿有幸見到天女，雖然慌亂卻仍然妍麗無雙，茉阿心裡慚愧，況且大王的四妃也是美艷絕倫，茉阿不敢居六道第一。」

茉阿平日是不說謊的，就連今天，她也不覺得自己說謊，她只是……「客氣」了一點。

羅睺王喜歡美女、收集美女，從意念也可以化出美女陪伴，茉阿知道他要娶的妻子必是六道第一的美女。

她很清楚，羅睺王也許喜歡她，但要娶她為妻，除非她是六道第一的美女，否則一定不成。

茉阿早就想清楚了，只要讓羅睺王知道自己並非六道第一，那這個姻就聯不成了。

果然，羅睺王陷入苦思，「是哪一個天女？我怎麼不記得了。」

龍王III

「稟大王，就在你手障日月時，我看到月宮天女如滿月般柔潤的臉色，不由得看傻了眼，實在是嬌美可人……」

羅睺王沉默了。

茉阿是絕色美女，人人見到茉阿公主，都因她的美貌而心生歡喜。她吐氣如蘭，行走時瓔珞和髮束飄揚在空中，有時活動的美景，可說是美不勝收。

茉阿當然也知道她很美。

美貌對阿修羅來說就如同爭強好勝一般，是一件再簡單不過的真理，但阿修羅茉阿公主的美貌絕不僅只是千嬌百媚、柔情萬千，而是帶著英氣和霸氣睥睨一切的氣概，超凡脫俗是當然之事，美艷絕倫更是自然。她美目似琉璃般晶瑩，流轉之間光華閃耀，令月華、星子失輝，驚世駭俗……

如今竟然有比她更美的美女？

大家都說天上天下最美麗的女神，就是阿修羅道如白蓮般的芬陀利華公主，他也信了那麼多年，沒想到居然到今天才發現……

不是。

羅睺王想清楚了，他要娶，當然就要娶一個天底下、或是天上都是最美的女人。

這也是無庸置疑的。

她非得是最美的才行，羅睺王的未來妻子比別人貌醜，那怎麼可以？

但他可以娶了茉阿公主，再娶天女嗎？

羅睺王推翻了這個想法。

他再天真也知道，這茉阿公主可是大修羅王的掌上明珠，說好要娶她，又臨時多迎一個天女入門，那是絕對不可能，她父王是修羅道上最強大的王，他不可能去破壞修羅的團結，可是……

龍王III

光聽茉阿形容，他就愛上那月宮的天女，是不是太見異思遷了？

思來想去，只有退婚一法。

不過他怎麼就對那天見過的人沒有印象呢？尤其是茉阿所說的美麗天女。

他想要退婚，該怎麼辦才好？

「茉阿公主……」要說出這樣傷人的話，實在不容易。

是時候了。「大王不要為難，茉阿知道大王心善，有些話說不出口，但茉阿知道大王的心意。」

「真的？」

「茉阿也一直以嫁給一個大英雄為榮，今日不能成為大王心目中的伴侶，若蒙大王不棄，兩人可以結為金蘭兄妹。」

羅睺王聽了大喜，執起她的手，「茉阿妹子。」

「大哥。」

如影、諸香、妙林、勝德四妃嬌聲恭賀，「賀喜大王、公主。」

「好好……有賞有賞，諸位愛妃全都有賞。」羅睺王是很大方的，賞了黃金衣帛等貴重物品給了他的妃子。

「茉阿妹子，妳可願意陪我去探看那月宮天女，我想向她求親。」

「又去探天女？」

羅睺王顯得有些憂愁，「上次臨時起意，所以裝扮不夠華貴，我覺得有些後悔，萬一讓天女留下了不好的印象……」

他真的很沮喪，茉阿看他連獠牙的角度都挺難過的。

「大哥不必介意，既然出師不利，那就重新再來。這次打扮得美麗一點，人家有了好的印象，誰還記得之前是什麼樣子？」

羅睺王大喜，「妹子說得對。」他回頭一喊，「來人啊！」

「怎麼了？大王？」

「本王要更衣。」

侍女拿出許多華美的衣服出來，他一件一件地選，沒有一個滿意的。

「拿戰甲來。」

茉阿傻了，「大哥去見天女要穿戰甲？」

「女人都喜歡英勇善戰的英雄，我決定穿戰甲。」

但她們看到修羅王穿戰甲出現，以為又來打架的吧？

穿好戰甲的羅睺王又差人拿出各式美飾來裝點自己。

他的首飾比任何一個女人都還多啊！

茉阿暗暗搖頭，光看珠寶就知羅睺王認為「大」就是美，除了金色之外，還有各式七寶瓔珞。

他手上拿起一顆碩大的蓮珠，眼裡看著另一顆光明珠，「妹子，妳看我戴哪個好呢？」

茉阿繃住臉上的表情，「大王莊嚴，戴什麼都好。」

「是嗎？」他很高興，「既然這樣，那就兩個都戴好了。」

「……」兩個都戴是怕走路不平衡會跌倒嗎？

茉阿又見他把特大的玉珠和金珠等七寶珠全都配在身上，全身戴滿了，羅睺王便幻化成更大的身體，再把珠寶往身上塞。

最後整個人像是一棵巨大的寶樹，珠光寶氣。

這光明城裡所有會亮的東西全被他拿來戴在身上了。

「妹子，妳看我這打扮，天女會愛上我嗎？」

「呃……」

天女會被珠光炫到眼瞎吧？

不然，天女愛上珠寶也不錯。

羅睺王見茉阿不說話，又檢視一下，他摸摸頭，「對了，這兒還沒滿，妹子，妳幫我編個花冠如何？」

天哪……

「是。」

茉阿四尋，在周圍的樹上摘了花，親手替羅睺王編了個金色花冠。

羅睺王戴著花冠，左顧右盼，頗有顧影自憐之感。

「妹子，妳這花冠編得可真好看。」

她也覺得編得還不錯，但怎麼他戴上去怪怪的呢？

羅睺王又問，「妹子，聽說香神之女身上萬千毛孔都散發奇妙的香味，妳身上的香就是從香神那兒傳來的吧？」

「是的。」但那是天生的啊！

「妹子，我也想要薰香。」

「大哥喜歡蓮香還是檀香呢？」茉阿問。

羅睺王不能決定，「我兩個都喜歡，不如兩個都用吧？」

「……」

於是茉阿又替他用香油薰香。

等到這整個香噴噴、金閃閃的黑面獠牙大神裝扮好，他也終於滿意，這光明城所有的珠寶幾乎都掛在他身上了。

「妹子，妳就陪兄長我上天宮去求親吧？」

雖然知道父王曉得這事後可能又會想剝她的皮，但為了退婚，茉阿也只好硬著頭皮去做。

反正一回生二回熟，她隨著羅睺王出門也不是第一次了。

茉阿再度站上羅睺王的肩，這回她輕輕鬆鬆地就找到合適的地方站好，在羅睺王顯現威能時，她也能處變不驚……

不一會兒就到了大海水之下，她再吸口氣，隨著王衝進海中，龍族們還是在結界外迎接他們。

有一點不對勁。

「大哥……」

「怎麼了？」

茉阿指著他的腳下，「你看下面。」

羅睺王現在離自己的腳很遠，他猛一看……

「咦？怎麼都變黑了？」

這光明城變暗？是什麼原因？

茉阿突然靈光一閃，「對了，大哥身上的寶飾……」

光明城都是靠這些珍寶照亮的，現在大多在羅睺王身上，這穿金戴玉的羅睺王一離開，城裡會變暗是可想而知的，畢竟在大海水之下的光明城照不到陽光。

「哼……」羅睺王從鼻孔哼出怒氣。「妹子，光明城沒有光，實在太不像話。」

「那……大哥想回去嗎？」

「我才不要。」

那是要怎樣？

羅睺王愈想愈生氣，他住在大海水之下已經很委屈了，現在想出門找天女，整城又黑漆漆，搞不好只有蓮池還有點金光，要是天女肯跟他回來，看到整城灰濛濛的，不是丟臉丟大了。

「要黑就大家一起黑……」

「大哥你……可是要去求親的啊……」

「妹子，妳跟我走，我去把他們的太陽和月亮都遮起來，看誰還亮……」

拜託，怎麼又來了！

茉阿暗暗叫苦。

龍王III

修羅王就是有威能可以手障日月，也別動不動就使這招啊，何況大王您不是要去跟月宮天女求親嗎？

怎麼火氣一上來就完全忘了這事呢？

第八章

接下來就不必多說了，茉阿新結拜的兄長羅睺王又上天大鬧一場，別說是天女沒娶成，就連茉阿也因為把夫君變成兄長這事，惹火了大修羅王，再度被父親禁足。

這「一切忍」大修羅王，這次可是什麼也忍不住了。

他的怒吼聲足足讓七頭城和整個阿修羅道震動了一月有餘，因怒吼而順道從口中飄出的火焰也引起了皇宮內數場火災，焚毀了幾座宮殿。

茉阿再次見到父親的時候，就是大修羅王逐她出宮的時候……

呃，應該是出宮拜師的時候。

為了匡正茉阿公主頑劣的根性，大修羅王求得遠古天神鳳裡犧收她為徒。

這尊上神早已經封關清修、不問世事數萬年之久，大修羅王光是請人引薦，就欠了很大的人情，付出了代價又不保證必定成事。

本以為希望渺茫，怎料鳳裡犧上神聽說茉阿「神勇」的事蹟之後，一向平靜淡然的表情竟然露出了笑容……

就這樣，茉阿竟然被鳳裡犧上神給接受了。

但尊上提出了一個條件，茉阿公主必須獨自到西荒拜師。

阿修羅往天神所在的西荒去，絕對是件難事，但不會比鳳裡犧上神收茉阿公主為徒更難，所以大修羅王一口就答應了。

他心裡知道，這次可不能再拖延，延了又像之前的婚事有變。

茉阿公主的容貌在皇宮裡自然是被人追捧，出去必然替她惹來許多麻煩，萬一被路上的山精水怪給看上，到不了西荒就壞事。

另外，一個美麗的阿修羅女走進天神地盤，萬一被發現身分，後果也是難以預測，讓他不得不提防。

將茉阿公主轉為男身是他們唯一想到的方法，於是阿修羅王們齊聚，以他們四大阿修羅王之神通力持印咒封印。

阿修羅王擁有大神通，如今又是四大阿修羅王齊聚施持咒術，從此……

茉阿成為一個少年。

如今，就算是天神站在她面前，也探不出茉阿公主的底。

臨行那天，羅睺王來送她，對於茉阿被「趕」出修羅道，他心底是有愧疚的。

「妹子，是我一時衝動連累了妳。」

「大哥不必難過，我拜在遠古天神門下，說不定運氣會比較好。」

「天神……」他嗤之以鼻，「天神會有什麼好事，我看我再去鬧上一鬧，讓人家不收妳，妳就不必去了。」

茉阿苦笑。「是啊，父王會把我挫骨揚灰的，等我灰飛煙滅之後，大哥要記得常常在心底想念我。」

「呃……那還是算了。」

龍王III

羅睺王魯莽的行動要在第一時間就制止才行，不然他火氣一來，動不動就鬧得風雲變色、日月無光的，連她也拖下水。

老實說，她現在已經沒有什麼本錢玩了。

羅睺王送她到出宮，毗摩質多羅宮之上一樣有大海水，為了怕傷感，毗摩質多羅大修羅王並沒有出來送他的愛女。

「不如我送妳上去吧？」

「不行。」茉阿搖頭，「大哥不必擔心，父王給了我法寶。」她拿著一個錦囊，「聽說這個有避水的功能。」

「妳確定？」

她武功不濟，不知道是不是可以順利出海，他是真的擔心。

那風裡犧上神也不知道發什麼瘋，偏要茉阿一人去，這樣他們就不能拜託交好的龍族護送她。

海水與阿修羅道連成一個界線，茉阿向羅睺王揮手致意。

「大哥，你快回頭。」

羅睺王點點頭，知道她體貼得不想讓他看著她走，就順她的好意轉身，之後消失在瞬間……

茉阿拿著法寶，在剛開始進入海水時還有點忐忑，但水居然真的在她身邊分開，如同一個大圓將她安全地包裹在海水之中。

等她回來時，一定不必再依賴這個法寶避水。

漸漸地，茉阿覺得安全，她沒有大修羅王們的大神通，只能靠自己一點點地往上，前兩次跟著羅睺王出海，那速度沒法子讓她看清任何東西，茉阿趁著這個時候，心情又放鬆，東張西望……

不一會兒，頑皮的心又起，就在水底學著魚兒往上跑，不然就去衝散魚群……

玩著玩著，突然很好奇錦囊裡究竟是什麼東西。

父王在她出門時只說是個法寶，長者賜寶，她當然沒有立即把它打開看，現在心情愉快，正是滿足好奇心的時候。

她拿出來，正要打開……

一個不小心，那錦囊竟然從她手中滑落。

這時已是男身的茉阿，出宮的法寶不慎落下，海水立即侵入身邊結界周圍，茉阿並非水族，沒有避水之能，功力又淺薄，大意終於引來禍端……

她想去追，好巧不巧，一隻大海龜游了過來，那法寶就被帶走了。

完了。

茉阿在心中暗暗叫糟，沒有那東西，茉阿自覺求生無望，也許不會死，但總是痛苦地被衝向海邊……

在奄奄一息之際，她只覺得眼前有霞光一閃，似紅非紅，五彩霞光……

再度醒來的時候，她已經在沙灘上，見到一位英姿颯爽之少年，她一直認為，這就是她與龍敖命中有緣，命定相逢。

第九章

茉阿總不能每次都託詞離開，因此還是得每天看到龍敖與殷宇兄妹相處，可以感覺得到他們感情深厚，兄友弟恭。

關於遊樂這件事情，茉阿覺得鷹族實在是遜得可憐，想他們阿修羅道，遊戲洗浴、大型的宴會一開，少說也是數月，直到賓客盡興而歸。

鷹族的生活簡樸，除龍敖來的第一天有設宴之外，就沒有再舉行過大型的歌舞飲宴。

用饍時，茉阿看著桌上的菜，不由得嘆口氣。

「這菜不合茉阿兄弟的口味？」殷宇發現她沒動。

她平日食花食果，自然不覺得鷹王的盛宴有什麼好。

「不是的，只是……」她摸著肚子，「有些不舒服，只能用些果釀，因此對著滿桌佳餚只好望之興嘆。」

她的回答得體，引起一陣大笑。

龍王 III

茉阿端起酒杯，輕啜一口。

這是她第二次喝酒，當酒入口，她驚喜地睜大了眼睛，為這甜酒的香醇在心中嘆息，難怪有人對美酒癡迷。

現在她完全瞭解花鬘王大怒，誓言修羅道決不飲酒的原因，這未免太不公平了，雖然他們也有好的果子，釀出來的酒卻不如天界香醇美味。

主桌上只有五個人，除了殷宇和殷紋兄妹，就是龍敖和茉阿以及易天。

茉阿看向桌子的另一邊，美麗的殷紋公主正坐在龍敖和殷宇之中，看著她華貴的打扮，茉阿再看看自己，總覺得怎麼看就怎麼寒傖。

以前她不注重自己容貌的，或者更精準地說……

她不覺得有必要注重自己的容貌，她是阿修羅道的芬陀利華不是嗎？易地說得很對，她失去了自信心。

這殷紋為何會打擊到她呢？茉阿還想不通，於是替自己找了個藉口。

一定是因為失了女身，又沒有雄壯威武的長相，所以這時才會覺得什麼都比不上人家吧？

不過看看眼前這些人，也沒一個人有阿修羅王的威武身形和長相，不全都悠然自得嗎？

易天似乎看出了她的想法，正似笑非笑地看她。

茉阿用心通與易天說話，「你嘲笑我？」

「怎敢。」

「小心我烤了你。」

「我好害怕。」

茉阿在恐嚇共命鳥易天的時候，龍敖起身向殷宇敬酒。

「這次失約是我的錯，我先乾為敬。」

失約？失什麼約？

龍王III

茉阿豎起耳朵聽他們說話。

她絕對沒有偷聽，他們說得很大聲的。

「龍敖，你為了天界出力，我們又怎麼會怪你呢？錯過了吉日，再挑一日就好，我還要先賀你即將登位，我也敬你一杯。」

即將登位？

不用等震驚的茉阿詢問，易天就以心通的方式回答她的疑問。

「本來龍敖即將在近日登上龍族君主之位，在這之前選了吉日到鷹族下定，打算登位時將后位也一併定下來。」

「他要在登位之日一併娶妻？」

「現在是不可能了，因為羅睺王犯天，還領了毒龍一族打上天庭，天兵天將節節敗退……」

「當然，阿修羅戰力第一。」

「最後只好召來天龍一族，由龍敖帶兵迎戰，因此他錯過了吉日下定。」

她懂了，那他們被天龍一族打敗了？怪不得那時她要問都沒人跟她說，意興闌珊的。

也難怪羅睺兄長灰頭土臉地回去。

「錯過了吉日有什麼關係，可以再選一個。」

「是要再選一個，但這數百年就一個大好吉日。」

「不會這麼難挑吧？」

「鷹族嫁公主、龍王娶后，日子就是這麼難挑，所以最後只好先舉行登位大典，后位虛懸。」

茉阿又看向低頭嬌羞貌的殷紋。

原來是談親事啊！怪不得肉麻兮兮，裝可愛。

但聽了這事，卻讓茉阿對龍敖有些改觀。

沒想到這個「長得像女人」的龍宮太子武力不弱，居然可以打敗羅睺王。

她想了想，又覺得不太可能，一定是她那新認的兄長平日逸樂太過，以致於後繼無力。

哎喲，在家也就算了，怎麼連出外打仗都輸了。

「公主，虧妳還被稱為芬陀利華般的公主。」

「那是別人封的，又不是我自稱，況且，易地，我沒在跟你說話，別偷聽。」

她氣嘟嘟地哼了一聲，拿起手邊的桃子，脆生生地咬了一口。

第十章

幾天後，再度踏上前往西荒的路途。

易天和易地兩人分別向茉阿承諾，等到鷹宮的事結束就會來尋她，並再三交代她兩件事。

一是，此去有凶險，千萬不能告訴龍敖她的阿修羅身分。

二是，要她必定緊緊跟著龍敖，直到西荒，千萬不可自己一人獨行。

茉阿知道他們也是對她的能力有所懷疑，看來她拜師之後定要精進，免得讓好友為她擔憂。

易天、易地雖然萬分擔憂，還是只能放她孤身一人與龍敖並行。

龍敖跟茉阿同行數日，對她的習慣也有了認識。

雖然是騰雲駕霧，但茉阿只要看到水池就一定要停下來，有時只是失望地看看池子，之後什麼也不做就走了。

有時會停下來洗浴。

身為龍族之主，龍敖自然是喜歡水的，所以對於她這種習慣，也覺得很有親切的感覺，不覺得一直停下沐浴是什麼怪事。

要不是怕他下水，又召來一路河伯、龍王之屬拜見，有時他也想下水去游個一圈。

「我要下去。」

大概又看到水了吧？

「好，你抓好，我們下去。」

茉阿本想抓住龍敖衣袖，但這沿路他是勁裝打扮，沒有廣袖可拉，所以只好勾住他的手。

離池塘愈近，看清那殘蓮朵朵，不由得讓她口水直流。

她一直在找水池，其實是饞了。

才在半空中，她就往下跳了。

龍敖看她心急的樣子，不由得搖頭笑笑。

茉阿三步併作兩步，想也不想便由岸邊走到池中。

他以為她又要洗浴，經過這些日子的相處，他發現這個小兄弟平常雖然不拘小節，極好相處，但對一些地方卻是很注重，洗浴就是其中一件事，而且像是儀式，一定要做。

茉阿慢慢接近眼前那些蓮花。

既然蓮花可以成長，那個地方就有泥濘，不如靠岸邊那麼清澈，她雖然小心，但腳還是深陷泥中，她奮力把腳抬起，濁泥一經她踩動，立即混了一池水……

龍敖震驚地看著她做出完全不似他印象中愛潔個性的舉動。

突然她面露喜色，一頭栽進那池濁水之中。

「茉阿兄弟……」

龍王III

當她再度出水，一道道黑泥順著原先白晰俊秀的臉龐流下。

龍敖傻眼。

「我找到了……」

她高舉著雙手，龍敖疑慮地想要看清那黑呼呼一團是什麼，好像是……藕根。

於是龍敖又看著茉阿像是孩子找寶物一樣，一會兒在污泥中混著，一會兒又在殘花中找著蓮蓬和蓮實。

終於發現她行為的目的之後，龍敖失笑。

原本她的行為跟龍敖心中的印象實在相差太大，他真是嚇壞了，還有種「這孩子怎麼就在他眼前發狂了」的感覺。

一路上她對飲食很挑剔，原來是喜歡吃這種東西。

那麼，只要逢池子就停下來，也不僅僅是為了沐浴吧？

龍敖見狀也下水，別看他在陸上行動迅捷，在水中更是不拖泥帶水，動作比陸上更矯健。

他鑽入水中，在泥污中找到蓮藕時，甚至連泥水都沒有揚起。

茉阿只顧著找吃的，沒有看他在動作，這些時間每天喝果汁、吃果子都膩極了，多摘一些當存糧，但藕根找起來比較難，她等一下再來慢慢找。

「來，茉阿兄弟，我替你把藕根都找到了，這都給你。」

她抬起頭來，驚喜地發現他手上那些藕根，神奇的是，已經都洗乾淨了。

「好棒喔！」她幾乎跳了起來，「謝謝你……」

龍敖突然發現，居然有人全身髒兮兮還可以那麼可愛。

「你看你，弄得那麼髒……」

他先施訣把他們手上的東西移到岸邊。

再比起手勢，由池裡引起一條乾淨水柱飛向茉阿。

淨。

「啊！哈哈哈……」

茉阿在首聲的尖叫之後，就在水柱中哈哈笑地轉著身子，讓水柱把她洗乾

茉阿有點不好意思，「我真的弄得太髒了。」

龍敖抓住她的手，「把衣服脫了，也沖一沖……」

叫她脫衣服啊！

茉阿低頭看了看自己，又看了看龍敖……

咦？他怎麼一點兒也沒濕？

「你不會避水吧？等一下我教你。」

「這麼好？幫我挖還教我功夫。」

「以後你愛吃藕根去挖泥，就不會動不動像個小泥人，快點脫衣服……」

就她一個人脫不是很奇怪嗎？

「不如你也來洗個澡吧？」

龍敖怔了。

沒想到茉阿會提出這種建議。

「也罷。」這幾天他也覺得身上很膩，洗洗也好。

龍敖放開茉阿，自顧自地開始解扣子。

哇……

聽說不但是羅睺兄長喜歡看天女，阿修羅女也愛看天神，她本來有疑慮，結果……

她果然也是一個不折不扣的阿修羅啊～～～

茉阿緊盯著龍敖看，心裡埋怨著大修羅王們……

這父王真是的，同樣都是男人，看看那肩膀，為何就比她寬呢？

那胸，也比她廣。

就連那腿……她都比他細。

別說是阿修羅的猛男了，她連凡人都比不上啊啊啊啊～～～

「茉阿，你怎麼不脫？」

「我？我脫啊，當然脫，怎麼不脫！」茉阿飛快地脫下自己的衣服。

誰怕誰？

她轉身把衣服拿去岸邊，因為嘴饞，忍不住剝了蓮子放在口中，吃了幾顆才轉身回去，可是……

在她把衣服放上岸邊之前，龍敖已經走進水中深處。

唉呀，我怎麼那麼貪吃啊！

重點沒看到啊！

為了想看清楚一點，她愈走愈近。

水愈來愈深……

愈來愈深……

不行，再走下去會滅頂。

她又不可以「長大」，共命鳥要她不能讓龍敖發現她是阿修羅。

她很聰明，要想想辦法，她要看裸體……

「龍敖大哥……」

龍敖回頭，一邊還往身上潑水，「怎麼了，兄弟？」

「你不是說要教我避水嗎？」

「喔，對。」

喔呵呵呵……

她多聰明，走過來了吧！

「來，我教你。」龍敖拉著茉阿的手，「你先吸口氣……」

茉阿的臉紅了。

「不會？我示範給你看。」

龍敖一吸氣，胸肌鼓了出來，全身塊壘分明……

茉阿臉更紅了。

哎呀！原來天神的身材也不錯。

「來，你學我這樣做一次。」

茉阿點頭，聽話地深深吸口氣……

「力聚丹田。」

她力聚丹田……

「好，你進水裡去。」

龍敖伸手，就這麼猛地一把壓住茉阿的頭進水裡。

茉阿睜眼一看，只覺得他兩條光溜溜的腿在面前晃……

哇，看到看到看到……

看到了！

茉阿一個不注意嗆了水。

哎喲，怎麼她連那裡都比不上啦！

「茉阿兄弟？」

龍敖將她從水底撈上來。

「咳……咳……」

見她臉色蒼白，嗆得嚴重，龍敖心生愧疚。

「對不起，兄弟，是我太心急了。」

「不不不……我沒事的，再練一次。」

「你還是休息一下吧！」

「不不不，我真的沒事，大哥，再練一次吧！」

「這……」

龍王III

「求求你，再練一次，這次我會吸好氣……」

龍敖想了想，「那好，你吸氣……」

茉阿吸口氣，期待著……

她再被壓入水底。

哇哇哇，又看到了……

哇哇哇哇哇哇～～～

喔呵呵呵～～

第十一章

雖然目前是人神雜居，但西荒還是天神的地盤。

龍敖只知道茉阿要到西荒，他領著他一路行來，逐漸接近西荒時……

他想，原先是答應送他到西荒，本來打算就此分手，但龍敖覺得現在與茉阿情同手足，自然應當送他到目的地。

但何處才是茉阿的目的地，他卻仍沒有深究。

龍敖的目的地是崑崙，他可以到達崑崙之後再專程送茉阿。

「來者何人？」

這吼聲高亢清亮，如同虎嘯。

茉阿四尋聲音的來源，但雲霧迷了眼，完全看不到眼前。

剛才有這麼模糊嗎？

龍敖輕輕吸口氣，再吐出去，那氣息由微風變成大風，又轉成狂風，雲霧瞬間被吹開來，茉阿才看見眼前竟然出現一頭巨虎，巨虎正防備地看著他們。

「鳴雷，是我。」

「我問的不是你。」

「這是我的兄弟，茉阿……」龍敖驚覺異狀大喊，「慢著！鳴雷別這樣，茉阿小心！」

巨虎身形巨大卻如電光輕盈，茉阿才聽見龍敖警告，他就臨到面前，茉阿只覺得被陰影籠罩住，而後他巨爪一揮……

她動也不動，不是因為嚇傻了，而是耳畔突然響起共命鳥的聲音。

茉阿，記住我跟妳說過的話。

易天、易地當然不可能現在出聲跟她說話，而是在她身上埋下禁制。

是的，她不能讓天神發現她是阿修羅女，她謹記著。

於是她只好聽天由命，閉上眼睛……

突覺一陣風，茉阿只覺得自己被風捲向一旁，那溫柔得像是母親的懷抱，當她回過神，才驚覺自己真的是被人抱在懷裡。

龍敖用身體護著她，她伸手去推他，卻發現手中粘膩，抽回來一看，滿手血跡……

「你受傷了？」

他將茉阿扶起身，「不礙事的。你有沒有怎麼樣？」

茉阿見那血跡，心中狠一抽，只覺怒氣高漲，她氣憤地回頭瞪向那頭巨虎。

「誰讓你傷了龍敖大哥？你是誰？」她毫不畏懼，幾乎忘了掩飾自己的身分。

「我是天庭的陸吾神，也是西方白虎之主。」

白虎一個轉身，突然變成一個身穿白色戰甲的天神立在茉阿面前，他目光如劍地刺向茉阿。

「像人卻沒有人氣，像神又沒有靈氣，似人非人、似妖非妖，你到底是誰？」

龍敖撐著到她面前擋住她，「鳴雷，不要為難他，茉阿兄弟是我帶來的。」

「很遺憾，我有職責在身，不能聽你的。」鳴雷伸手要推開他。

「不。」龍敖伸出手護她，「鳴雷，你要動他就得先打倒我……」

「我是來找上神鳳裡犧的。」

鳴雷停手。

龍敖也低頭看她，「茉阿，你說找誰？」

「鳳裡犧。」

「你不是來拜師的嗎？」

「是啊。」

「你要拜的師尊是鳳裡犧？」龍敖嘆氣，「你怎麼不早說？」

鳴雷已經退開，他怒吼一聲，回復原身，又成為有著七條巨尾的巨虎。

茉阿真的沒有想到，提到鳳裡犧的名字居然可以震攝巨虎，這尊上神好像真的很厲害，連龍敖都得讓她？

也是，父王又怎麼會替她找普通的師父？

鳴雷瞪視著她。

茉阿也不服氣地回視回去。

鳴雷懷疑這孩子的身分，但他又是鳳裡犧的徒弟，這……實在令人疑惑。

鳳裡犧是遠古天神，也是母神，他該怎麼決定呢？

「龍敖，他既然要拜在上神門下，那就是與你同路。」

「沒錯，我正要去拜見上神。」

「那他就交給你照管。」

茉阿火了，「喂！你這頭笨虎，我人在這裡，誰照管誰？你別在那裡說三道四的。」

茉阿是很有勇氣，但龍敖可不敢拿他的命開玩笑，他擋在茉阿身前。

「鳴雷，小孩子不懂事，你堂堂陸吾神，又是西方白虎之主，何必跟他計較？」

「你就是西方白虎之主嗎？」茉阿指著鳴雷鼻子，「陸吾神，我記住你了，等我學成就來找你打上一架，你要是輸了，就來任我使喚。」

鳴雷冷笑。

龍敖斥責，「小孩子別亂說話！」

茉阿的修羅性子來了，龍敖的勸戒她就當作沒聽到，「怎麼？莫非你膽子小，不敢賭？」

「笑話，我鳴雷有什麼不敢的！」

「好，那龍敖為證，若是我有天能勝你，白虎一族即在我麾下聽我使喚。」

「一言為定！」

＊＊＊

自從知道茉阿要去西荒拜師的對象是遠古天神鳳裡犧之後，龍敖時不時會用一種探究的眼神看他。

這個孩子，看起來像是個凡人，如今仙凡雜居，茉阿是凡人也不算是怪事，但一個凡人怎麼能毫無所懼地在白虎之主鳴雷將軍面前挑釁？

身為陸吾神，鳴雷掌管天之九部，他卻看不出來茉阿的來歷，這件事也讓龍敖想不通。

但與茉阿相處多日，他自信對他的心性有所瞭解，交友貴知心，如果他有難言之隱，他也不必事事都去探人隱私。

何況他近來對他關心倍至，事必躬親地照顧。

「龍敖大哥，你身上的傷還會痛嗎？」

茉阿指的是鳴雷在他身上留下的傷。

「不礙事，我們復原的速度很快，沒有大的傷害，你不必擔心。」

「還是讓我看看。」

茉阿替龍敖寬衣，在茉阿的堅持之下，龍敖也沒有反抗。

他說得沒錯，傷口都已經癒合了。

這就是天神的能力嗎？

想到他擋在她身前的那一刻，茉阿突然覺得熱血上湧，眼前模糊，似乎清晨湖水般氤氳的眸子，直勾勾地看著他。

「龍敖大哥……」

「我沒事，別哭。」

「我哪有哭？」

怎麼老是被他看見軟弱的一面，阿修羅可是六道之中最強大的。

「茉阿兄弟，上神已經不問世事多年，你是如何得到她允肯收納門下？」

「家中長輩託人去求的，詳情我不太清楚。」

她說這樣也不算是有錯，同樣也不是謊話，就還是避重就輕。

既然連茉阿也不知道，龍敖當然也問不出個所以然。

「也許你們前世有夙緣也不一定。」

若不是如此，他實在想不出女媧大神為何會收一個凡人為徒？

龍敖要去送帖子給鳳裡犧大神，請上神來參加龍宮登基大典。

這龍宮大典由太子親自來邀，可見上神地位尊榮，其實鳳裡犧大神已清修多年，他們也知道她已不問世事，也許並不會來參加。

「龍敖大哥，我們還要多久才會到？」

「看，再穿過這座山就到了，鳳裡犧大神的修真之所就在那瀑布的後面。」

龍王III

茉阿看過去，遠處飛瀑如鍊，氣勢驚人。

她觀察周邊的環境，林木參天，高聳入雲，樹上有些小松鼠在一旁跳來跳去，茉阿仍有女孩兒心性，心中覺得可愛，看得目不轉睛，而後視線又隨著小松鼠移動而轉移……

一顆像是黃金的圓珠在樹下。

「咦？大哥，那是什麼？」

說是圓珠，其實應該是大圓球才是，以茉阿的身形，雙手環抱可以抱在胸前。

龍敖瞇起眼，「是鳥蛋。」

呵呵，金色鳥蛋。

這完全就是她兄長羅睺王收藏的風格嘛！

「龍敖大哥，我們帶它走吧？」

「不要。」

「為什麼？」

「如果旁邊有金翅鳥的母鳥，你就危險了。」

茉阿驚喜，「這是金翅鳥的蛋？」

「沒錯。」

不知怎麼的，她覺得他好像不太高興。

吱吱吱……

吱吱吱……

這時候，松鼠突然驚慌地竄逃。

茉阿定睛一看，又揉揉眼睛，有條地龍大蛇正蜿蜒地從一旁接近，眼看就要接近那顆黃澄澄的圓球……

「不行，我要救它。」

顧不得自身的危險，茉阿往前衝，她雙手一攏，用兩隻手臂小心地摟住那鳥蛋，而那地龍正朝她張開血盆大口……

說時遲那時快，龍敖手一揮，那地龍即斷成兩截，血肉橫飛。

「茉阿，快放下那顆蛋。」

「我不要！」她回頭四顧，「你看，沒有母鳥來，如果我把它放在這裡，就會被其他蛇吃掉，我要帶它走。」

龍敖皺眉。「放下它。」

「不！」

他只是淡淡地看了她一眼，眼神有些惱怒。

最後茉阿還是勝了，龍敖就當作沒看見，自顧自地往前走去。

茉阿得勝也不貧嘴，乖巧地抱著她的金翅鳥寶貝蛋跟在後頭。

終曲

有龍敖之助，茉阿平安地來到西荒，見到師尊鳳裡犧上神。

她的師尊不但是遠古天神，還是一位女神，沿路上她一直埋怨父王毀了她的身材，卻還挺認同這個師尊選得好。

父王實在是找得好啊！

龍敖在拜見上神，並鄭重將帖子交給鳳裡犧之後，就告辭離開。

茉阿聽說這兒本來有十位天神，全都是她的師兄弟，但現在都離開師尊去濟世了，這麼大的一個地方，雖然清幽，但待久了也覺得無聊，每天就她跟師尊兩人對看，實在是悶。

她一向不能把話藏住，沒多久就被鳳裡犧發現了……

之後被「修煉」得很慘。

雖說強將手下無弱兵，她可是阿修羅的茉阿公主，本來就有強悍的修羅血統，又是遠古天神鳳裡犧的關門弟子，她以後一定會變得很厲害的好嗎！

龍王III

不用現在那麼趕著修煉不是嗎？

不知怎麼的，師尊好像又知道了她的想法，於是她開始被修煉第二輪……

這無止境的修煉，雖然精進她的功力，但她有時實在無言，不知道自己究竟是招誰惹誰，前世作孽，才有今天這個報應……

所幸，共命鳥易天、易地倒是遵守諾言，也來到師尊的修真洞府來找她，與她作伴。

當看到他們出現時，她實在是鬆了口氣，因為有個難題，又不好去問師尊，一定得他們才能解。

這次先出來的是共命壞鳥易地。

「易地，這鳥問題就一定要問你了。」

「妳在罵人哪？」

「我的樣子像是在罵人嗎？」

「像。」

當她拿出那顆金球……

呃，金翅鳥蛋時，易地的眼睛都快凸出來了。

「妳這是怎麼得來的？」

「撿來的。」

「妳沒被大鵬金翅鳥打死，算妳命大。」

「龍敖也這麼說。」

「什麼？」他更驚訝了，「這跟龍敖有什麼關係？」

「他跟我一起啊。」

「他讓妳去撿金翅鳥蛋？」他提高了聲音。

「易地，你為什麼看起來那麼驚訝？」

他當然驚訝，茉阿是不知道，但大鵬金翅鳥跟山一樣大，龍敖說的一點也沒錯，茱阿毫不考慮就去撿它的蛋，實在是很危險。

但令共命鳥驚奇的是龍敖的行為，不但沒有毀了那個蛋，還讓茱阿撿了回來。

「茱阿，妳知道這龍族的天敵是什麼嗎？」

「這還用說？」她覺得問題太簡單了，嗤之以鼻，「天龍一族就是天神，天神的敵人不全都是阿修羅嗎？」

「笨孩子，龍族不一定全是天神的。」

「那是什麼？」

「就是大鵬金翅鳥。」

「什麼？」

「大鵬金翅鳥長大後，一天吞掉一山的食物也不是問題。」

「這食量未免太驚人了吧？」

「這真是奇了……」他沉吟，「龍敖居然會讓妳去撿金翅鳥蛋，實在令人費解。」

茉阿玩著她的金鳥蛋，她有一個美夢，聽說小鳥出來時見到的第一個臉孔就是娘，茉阿想要當小鳥的娘親……

她恨不得趕快敲開蛋，叫他快點出來。

最近有些胸悶，如果小鳥出現，她的心情也許會好一些。

剛開始她還不覺得。

龍敖走了不過幾天，她就開始想起他們一路上所經之處，他所說過的話……

他看著她笑的時候，他看著她皺眉的表情。

他那爽朗的笑聲總在不注意的時候響起。

當她驚喜地找尋那熟悉的身影，才發現根本什麼都沒有。

突然發現，她是有了心魔。

一入了魔，任誰也掙不開……

這是情劫。

【待續】

番外一

衣帶漸寬……

在他面前，她一直覺得脫衣沒什麼大不了的。

從她看起來還是個男生時，她就脫得很自在，他身上的每一處，她都瞭若指掌，也曾趁他不注意時就近觀察。

如果能夠不讓他發現，她還打算上下其手。

除了自己之外，她最清楚的就是他的身體，茉阿曾找過許多機會去觀察龍敖的身體。

但龍敖可不同了。

變回阿修羅女身之後，她也沒什麼障礙。

「要一起洗澡嗎？」

才剛說完，她幾乎就脫光了。

「茉阿，妳出去。」

她被驅趕了，但茉阿不屈不撓。

「我幫你擦背，阿修羅一族可以全族一起遊園玩樂，設宴洗浴一連數月，都不是問題。」

「把衣服穿上。」

他的表情像是她做了什麼不得了的壞事一樣。

她真的不懂。

茉阿再怎麼說也是一個阿修羅，那種似神非神、似鬼非鬼的習性，就是一個魔性。

茉阿的魔性一現，對於自己愛不釋手的物品的那種爭勝心，這龍敖就成為她勢必到手的人。

偏偏龍敖就選上一個鳥類，她哪一點比不上那鳥？

鳥來鳥去的，給人聽到又要說她講話粗魯，這也不能怪她，全都是那鳥的錯。

看吧？

又害她造口業。

她就是要脫光光站在他面前。

「殷紋的身體比我美嗎？」

龍敖目光避開她。

她不讓他避。「回答我。」

阿修羅的執著也是令人頭疼，龍敖知道不回答她是沒完沒了。

「我沒看過。」他老實說。

「龍敖，我不美麗嗎？」

「如果妳說的是皮相，確實，妳是號稱六道之中最美麗的芬陀利華茱阿公主。」

「那你可以試著喜歡我？」

她的表情就像是純真的小孩或是小動物，龍敖的心情複雜，有種不想傷害她的感覺，但是……

她就是一個阿修羅。

「不行。」

一點婉轉也沒有，龍敖拒絕了她。

她想不通，想不通……

想不通，想不通……

聽見她關上門，龍敖鬆了口氣，他轉身回來，正要踏入浴盆，茱阿又出現了。

「妳……」

同樣是光溜溜的，但已經少了山峰秀麗，也沒了深澗溪谷，芳草萋萋。

眼前就是一個男人。

「妳在搞笑嗎？」

她這麼認真像搞笑嗎？

「我做男人的時候你喜歡我。」

「……」

「不如，我就做回男人吧！」

「我、並、沒、有、喜歡男人。」

「你不喜歡女人，也不喜歡男人？」

身為阿修羅公主，她愛上了一個永遠不會懂的人。

他嘆口氣。

茉阿這時終於知道男身之苦，她幾次以男身誘惑龍敖全都對牛彈琴，沒有功效。

番外二

她不擇手段，威脅利誘。

阿修羅是六界之中最崇尚力量的神族。

茉阿公主天賦異稟，身負親族的厚望，但年幼心野，個性純真，族人爭強好勝的本能尚未引出，每日只想要四處遊玩。

龍敖雖然不明茉阿真正的身分，但他一直很清楚，茉阿兄弟個性直爽，不過……

就如同鳴雷所說，是有些不對勁。

自從龍敖得知茉阿是鳳裡犧的關門弟子之後，就放鬆了戒心。

畢竟可以拜在遠古神祇門下就是不得了的因緣，這個茉阿就算目前沒有成就，但名師出高徒，將來茉阿必不可同日而語。

認真計較起來，他錯在二處。

第一、沒有想到她有了成就之後，會拿武力來欺壓他。

第二、想也沒想過鳳裡犧上神會收阿修羅公主為徒。

不思長進的茉阿在毗摩質多羅的七頭皇城中惹出許多麻煩，也迫得大阿修羅王決定將茉阿公主送出宮修行，並有幸拜在遠古神祇鳳裡犧門下，與他結這場情緣。

情緣是她的說法，在天神眼中，他們這絕對是孽緣。

「那天我怎麼會從海底救了妳這個麻煩？」他痛心疾首。

茉阿公主笑若春花，「我們有緣，命定相逢。」

「……」

若不是世間險惡，阿修羅王唯恐女兒在功業未成之際因絕世容姿招禍，臨行之際求來三大阿修羅王，以四大阿修羅王持印咒之力，封住茉阿公主女相，他又怎麼會陷入這種情網之中。

龍敖只覺得，愈是掙扎，網就收得愈緊。

身為鳳裡犧上神的關門弟子，再加上阿修羅強大的武力，茉阿即使在海上打不過他，陸上勝過他也是沒有問題。

「茉阿，妳放了我。」

「龍敖，既然打不過我，那就從了我吧！」

「妳對鳴雷也用同一招？」

「並沒有。」

「妳總不能動不動就把我抓到這裡。」

「為什麼不能？」

「為什麼妳會愛上我？我們完全不能溝通。」

茉阿沮喪。

「也是，我連你喜歡男人還是女人都弄不清楚。」

阿修羅的心思就好猜得多了，生氣就生氣，高興就高興，一眼就看得出來，不論是哪一脈都是一樣。

阿修羅一族數量眾多，形態各異，有花鬘王美麗捲髮的，也有如勇健王健壯寬肩的。

阿修羅國的男人長相雄壯，但茉阿認為，能像她父親長得那麼英明神武的人是再也沒有了。

茉阿一直覺得，沒有什麼比幻化成九頭千眼，說起話如雷鳴海嘯，七竅生煙更帥的了。

身形高大，能立於海水之中不過膝，雙手舉起能托日月的阿修羅之王，絕對是六道之中最帥的男性，直到她遇見這個人……

就誤了她生生世世。

番外三

「喔呵呵……」

羅睺王還沒出現，宏亮的笑聲就已經傳進茉阿公主的寢宮。

「羅睺大哥？」

他怎麼來了？

「妹子，來，我送妳一個禮物。」

羅睺王拉著一個人走進來。

「諾，這就是妳的禮物。」

茉阿看見這個「禮物」傻了眼。

「大哥……」

這大修羅王的功力愈來愈強，除了可以用意念幻化出女人之外，現在連男人也可以了。

龍王III

「來，這個送給妳。」

他把男人的手硬塞在她手中。

這這這這這……

「那個人不識相可以，但我們千萬不要想不開，我看……我上天去把他打一頓，然後找幾個乖的給妳。」

「龍敖……」

大修羅王變了個「龍敖」給她。

「沒錯，就是龍敖。」

「……」

「而且這個龍敖聽話得很，妳要他坐就坐，要他站就站，要他跪著就不敢站著，要他醒著就不敢睡覺……」

「我要他一直不睡覺幹嘛？」

「幹什麼都可以。」

「……」

「怎麼樣，還滿意嗎？」

「我……」

「怎麼？」

「這……」

「一個不夠？」

他閉上眼睛，立即……

茉阿面前又多了一個。

兩個龍敖。

「夠了夠了。」

「滿意了？」

「很滿意很滿意，我滿意得不得了。」

她不敢想像自己說不滿意會有什麼後果。

「好，那妳就不要垂頭喪氣，偶爾也到兄長的光明城來玩玩。」

然後，茉阿接下來幾天，都在研究怎麼把這兩個龍敖處理掉的方法……

番外四

茉阿穿上戰袍，幻化出六臂，拿起杵鈴和弓箭，衝出寢宮。

今天她又要去跟鳴雷叫陣了，如今她已學成，必定要跟鳴雷決一高下，茉阿要他實現他的誓言。

阿修羅公主有白虎一族當眷屬，想起來挺不錯的。

如今她已經可以自由出入阿修羅道，避水已經難不倒她。

「來，我教妳……」

她的心一抽，是那個人教她的。

當她浮出水面，卻聽見巨大的吼聲……

吼～～～

啊～～～

那聲音淒厲，讓她不免回頭尋了一眼。

海面上一頭大鯨正噴著氣。

龍王Ⅲ

像座山似的。

想到羅睺王，茉阿笑了。

這鯨再怎麼樣也比不上羅睺王吧？

她湊上前一看，那噴氣的鯨不停地往一個方向撞……

吼～～～

啊～～～

眼前看到一條小龍，那聲音就是由他發出的。

真是厲害啊，那聲音響得可能連天庭都聽得見。

茉阿抽出背上的響箭，拉弓、對準，朝著鯨放出一箭……

這是恫嚇。

響箭隨風又回到茉阿公主手中。

鯨慌亂地離開岸邊。

茉阿再回頭一看，揉了揉眼睛。

那龍不見了？

是她看錯了嗎？

＊＊＊

「嗚雷……」

外頭又傳來叫陣的聲音，真的令嗚雷很頭疼。

「嗚雷，快點滾出來……」

所以人不可以自滿，神也不可以。

誰會知道堂堂的陸吾神會因此懼怕不敢出門。

「嗚雷？那是誰？」

龍王III

出聲的是龍子蒲牢。

嗚雷與龍子蒲牢交好。

蒲牢是龍王最「漂亮」的兒子，他有絢爛五彩龍身、比刃還銳的利爪、美麗的龍角，額下是最珍貴的龍珠，飄揚的鬚髮還有兩道靈動的長鬚，舞動時美不勝收，令人目瞪口呆，絕對是麗質天生。

但偏偏長得……

非常迷你。

「阿修羅王的公主。」

「你怎麼會認得阿修羅王的公主……」他伸頭往外探，「她……」

她就是今天在海面上救他的人。

茉阿仍在外頭叫囂，「嗚雷，你快點出來！」

嗚雷正抱頭悶著。

蒲牢拂拂自己的髮尾，「起來。」

「怎麼了？」

「我現在看起來怎麼樣？」

鳴雷仔細看了一下，「嗯。」

「嗯是什麼意思？」

「沒怎麼樣。」

蒲牢火冒上來，「你不覺得我玉樹臨風，英俊非常嗎？」

「很做作。」

「沒聽到人家在外頭叫你嗎？給我出去！」

鳴雷最後是被人一腳給踹出去。

番外五

龍敖才出宮，正巧見到有一海龜從眼前經過，牠背上有個錦囊……

海水在海龜周圍散開，引起了龍敖的注意力。

他上前拾起那個錦囊，打開一看，居然是龍宮的避水珠。

這避水珠極為珍貴，據他所知，毒龍宮中有一顆，他們天龍一族的宮中也有一顆。

待重新定好吉日，他就會帶著避水珠到鷹宮向公主下聘。

毒龍的避水珠是怎麼丟失在這裡的？

他見落難少年在海中沉浮，以為是受難的船隻難民。

於是發善心救茉阿一命，待她昏迷醒來，又隱瞞他龍宮太子的身分，茉阿的對答爽朗，很對龍敖的脾性，才會與她交往，議定同行，怎麼知道她竟是……

最強大的毗摩質多羅阿修羅王的女兒？

這四大阿修羅王的咒印實在威力強大，以致於連他也看不出茉阿竟是女兒身。

待她學成，他又處處受制於她，身為鳳裡犧高徒的她，武力並不下於他。

他實在受不了她三不五時把他擄來。

「茉阿，妳又要做什麼？」

他三番五次地拒絕她，她都不想問了。

他說她貪、嗔、癡、慢四毒俱全，他不愛她。

汝心不端，常疑。

汝心不善，常嗔。

貪、嗔、癡、慢……我不會愛妳。

這話她不但會背，都還能當詩歌唱了。

從前，他不接受她，她的心為了他之前的婚約糾結著。

現在，殷紋都跟狐王旻杉跑了，現在也死了，難不成……

「龍敖，難不成你要為了殷紋守活寡？」

「……」

龍敖已經不想再跟她解釋，「守活寡」這詞不是這樣用的。

龍敖未婚妻是鷹族的公主，要說茉阿不沮喪是騙人的，但這點小阻礙並不看在茉阿眼底，大不了她就用強的。

反正阿修羅界就在龍宮之下，要是真不成，半夜她就潛入龍宮，打昏了他就拖回阿修羅皇宮。

喔呵呵……想到龍敖發現自己直接被推倒的表情，她就萬分期待。

等她想到了方法，總有一天這塊肥肥的龍肉一定會到手啊～～～

他現在不愛她沒關係，等她得到他青春的肉體，他自然會愛上她吧？

畢竟她是六道之中最美麗的芬陀利華公主啊!!!

＊＊＊

總算遂了她的意。

想到這兒，茉阿公主不由得呵呵笑了幾聲，抬頭學了父親往外吐火，口中冒出陣陣青焰。

雖然不能口中出火，但冒出一點點小小的青煙也還是不錯的。

現在生米已經煮成熟飯，看龍敖還要怎麼反抗。

就算他再怒斥她「癡毒」攻心，她也無妨。

這生生世世，她就要跟他糾纏到底。

番外六

四極廢，九州裂……

天崩地裂，毒龍肆虐。

天都要塌了，她卻把他擄來阿修羅道。

「放我走，茉阿公主。」

「不。」

他知道她癡，但沒想到她竟然不顧蒼生萬民，獨自把他禁錮在這裡。

「茉阿，妳身為鳳裡犧上神的弟子，為何師父在救苦救難，妳卻為了私情待在這裡，成何體統？」

「四極廢，九州裂，天不兼覆，地不周載，火炎而不滅，水浩洋而不息，生靈塗炭都與我何干？」

她只要保住他的性命。

「惡龍肆虐，我身為龍族之主，我有必要救天下萬民於水火。」

龍王III

「我不會放你出去的，師父要斬龍，你也是龍，我怕你應劫而死。」

「義之所在，我很坦然。」

為了救他，她願揹負天下罪名，也不會有任何怨言。

番外七
苦命的司命星君

司命最不喜歡聽見上神們這麼問他。

「司命為什麼一直留在這裡，我們完全可以理解，但為何天帝老大也被困在這裡呢？」

司命最怨了，要不是被狐王旻杉陰了，他怎麼會害得帝君陷入這種困境，這生生世世要他怎麼賠才能賠得完？

所以除非茉阿公主放棄，不然他就要生生世世陪著她輪迴，替她編命書。

「那也沒辦法，自從茉阿公主對我們老大做了那件人神共憤之事，他就也被困在她身邊了。」

只是有件事比她好，他不是「重修」。

但為了「此事」而跟她綁在一起，幾乎也跟重修差不多。

重修沒有記憶，而他每世在做一樣的事，真的比重修還痛苦好嗎？

天道真的是一件很「離奇」的事。

既然有了因果，就被困住。

不如讓茉阿公主再修回法力，這樣她記起前世的事情，可能他就不必那麼累了。司命曾經這樣想。但是……

她既然捨了大神通，又怎麼會再用她的法力。

為了自己，有時真想勸老大就再度「從了她」吧。

鷹王也說過這種事。

「阿修羅嗔念甚重，你牽制住阿修羅公主，就牽制住萬千阿修羅眾。」

當然這個建議並沒有被採納。司命哀怨地回憶著。

她現在重回人身修煉，又沒有神通，但只要有人提點她，一定可以再重新修為。

那就是悟道。

但那是不可能的，茉阿公主完全不想「悟道」。

她的目的只有一個，就是……
他家老大。
就看什麼時候有人「從了」，或是有人「放棄」。
他就可以解脫了！

番外八

就為了盂蘭盆節那一次相會，日復一日，年復一年……

這是何等的因緣？

很多時候，他看不見悲歡離合，因為在他眼底，聚合都有各自道理。

一世又一世，就為了那年的盂蘭盆節，她放棄了大神通，放棄了天福，寧願下凡塵。

又在那年的盂蘭盆節，他心碎欲裂，失去了一切，才終於承認早就被她的癡所打動，自己也中了「癡毒」。

時間也許很短，也許很長，不論是什麼結果……都令他珍惜。

但也患得患失。

「茉阿……」

她抬起頭看他，只見他急急忙忙跑來。

見到她只有一個人，像是放了心，慢慢地呼出一口氣。

龍王III

雖然自持平靜，但見他額角有汗，她握了握他的大手，手心發冷，她……

好像有點懂了……

還有些心酸。

「你那麼急做什麼？」

「想妳怎麼那麼久還沒回來。」

「是嗎？」

「是。」

他不算說謊，只是沒有說明白。

他也中了癡毒啊！

茉阿張開口，說出幾個熟悉的字，「汝心常疑……」

龍敖的臉色變了。

他很慚愧，但確實是這樣。

只能怪他之前太冷情對她，現在當他全心全意放在茉阿身上時，又覺得患得患失。

是他活該。

番外九　重生

照理說，身為一個「無知」少女，柳茉竹只想歡歡喜喜、快快樂樂地揮霍她的青春，奈何天不從她願……

首先，老爹沒死，娘就要嫁人。

再來，沒帶傘出門就要下雨。

偏偏，課業沒有複習，一進教室就要隨堂抽考。

這世界總有太多事情跟她過不去，害她從「無知」少女不得不變成「暴躁」少女。

她的脾氣不好……

她知道。

她沒有朋友……

她也習慣了。

但緣法和命運卻終於在這一世願意輪轉。

龍王 III

是好或是壞，沒人知道。

這天……也就是她生日的那天，怪事終於找上她了。

地上突然現出一個大洞，這……

這就是傳說中的「天坑」嗎？

還沒來得及仔細看，「天坑」就不見了，只剩下面前這個人……

還是老虎？

身形小巧，古靈精怪，似人非人，似獸非獸。

「柳茉竹……妳考慮清楚了嗎？」

他他他……究竟在說什麼？

「柳茉竹，那人……來見過妳嗎？」

「誰？」她招誰惹誰了，現在是什麼情況？

「呃……請問這位先生，剛才你出現的天坑去哪裡了？怎麼會閤起來了？」

「天坑是不會閤起來的，還有……」他表情慎重，「我不是先生。」

「拜託，我有眼睛看好嗎？我這是禮貌，講話有禮貌你知道嗎？老虎先生。」

她年紀輕輕，只不過脾氣暴躁了點，也不過才十七歲，難道就要被這個無情的世界給逼瘋了嗎？

龍王III

後記

今年雜事真的很多，一下這裡要處理，一下那裡又要處理，總是不小心就擔誤到工作進度。

我必須說工作很累，卻從來沒有那麼累過。

身體趕不上工作的進度，有幾次頭痛得都吐了，即使坐在電腦前面覺得胃一直不舒服，還是盡力撐下去了。

當然還是連累了我的編輯。

我可憐的編輯兼好友毛毛。

到了截稿的最後，毛毛說只要在線上看到我掛離開，就會覺得很挫……

不論多晚，只要她看到我離線，就會打電話來叫我起床。

「妳睡著了嗎？」陰森森的。

龍王III

現在是農曆七月，我真的好喜歡這種電話喔～～～

其實她好可憐啊！

就陪著我一起趕稿。

編輯一定會有這種耐力嗎？這可不一定。

這就是友情啊～～～

好熱血～～～

朋友的感情實在令人感動。

如果我有什麼不測，她會替我發訃告的（一般講到這裡，她就呸我）。

雖然是好朋友，但沒交稿……

她還是會恐嚇打斷作者腳的。

阿修羅的資料很多，我不看又不行，所以最近醒的時候，大多是對著電腦看資料，吃飯也坐著看資料。

找資料看資料的時間當然多少拖到了工作的進度，直到最後截稿幾日，幾乎手都不能離開鍵盤，離開的時候又瘦得舉不起來。

最後幾天完全都是靠意志力撐著。

我總是努力把工作做到最後一秒鐘，因此連累了我合作的夥伴和朋友，真是很對不起他們。

循往例要真心誠意地感謝各位一下。

「龍王」第三集內容是有關龍王跟阿修羅茉阿公主的糾葛，因為故事龐大，所以編輯建議我將部分番外寫出，好讓讀者看到，也算是一小塊的預告，讓喜歡尹晨伊的朋友們可以窺見後面部分的發展。

你們也許會看到甜蜜的……

因為這最後還是完美的大團圓結局。

至於跟誰來甜蜜，我真的有點猶疑。

本來在想，龍敖是不是最後真的要「從了她」，這緣法和因果，阿修羅茉阿公主只憑著強大的意志力和癡念，用盡一切去賭，最後不給她一個結果好像也不行。

可是其他帥哥呢？

我我我……

我要怎麼交代？

目前還是想讓龍敖從了她吧？

畢竟他的貞操都被她拿走了。

我是這樣想的，會不會有變，大家可以等著瞧，我也不敢保證啊。

但這個公主，百無禁忌，倒是讓作者寫得很過癮，希望大家也能跟我一樣喜歡她。

當然帥哥龍敖的魅力還是火力全開，大家還是要愛他喔～～～

很快就會再見面，如果沒有意外的話。
謝謝大家，我愛你們。

國家圖書館出版品預行編目資料

龍王III 芬陀利華公主 / 尹晨伊著. 一初版.—臺北市：
商周出版：家庭傳媒城邦分公司發行，民101.09
面： 公分.
ISBN 978-986-272-236-7 （第3冊：平裝）
857.7 101016882

尹晨伊作品05

龍王III芬陀利華公主

作　　者／尹晨伊
企畫選書人／劉枚瑛
責任編輯／劉枚瑛

版　　權／葉立芳、翁靜如
行銷業務／林彥伶、張倚禎
總 編 輯／何宜珍
總 經 理／彭之琬
發 行 人／何飛鵬
法律顧問／台英國際商務法律事務所　羅明通律師
出　　版／商周出版
臺北市中山區民生東路二段141號9樓
電話：(02) 2500-7008　傳眞：(02) 2500-7759
E-mail：bwp.service@cite.com.tw
發　　行／英屬蓋曼群島商家庭傳媒股份有限公司城邦分公司
臺北市中山區民生東路二段141號2樓
讀者服務專線：0800-020-299　24小時傳眞服務：(02)2517-0999
讀者服務信箱E-mail：cs@cite.com.tw
劃撥帳號／19833503　戶名：英屬蓋曼群島商家庭傳媒股份有限公司城邦分公司
訂購服務／書虫股份有限公司客服專線：(02)2500-7718；2500-7719
服務時間：週一至週五上午09:30-12:00；下午13:30-17:00
24小時傳眞專線：(02)2500-1990；2500-1991
劃撥帳號：19863813　戶名：書虫股份有限公司
E-mail：service@readingclub.com.tw
香港發行所／城邦(香港)出版集團有限公司
香港 灣仔 駱克道193號超商業中心1樓
電話：(852) 2508-6231　傳眞：(852) 2578-9337
馬新發行所／城邦(馬新)出版集團
Cite(M)Sdn. Bhd.41, Jalan Radin Anum, Bandar Baru Sri Petaling,
57000 Kuala Lumpur, Malaysia.
電話：(603)9057-8822　傳眞：(603)9057-6622
商周出版部落格／http://bwp25007008.pixnet.net/blog
行政院新聞局北市業字第913號

設　　計／R&A Design Studio
印　　刷／卡樂彩色製版有限公司
總 經 銷／高見文化行銷股份有限公司　客服專線：0800-055-365
電話：(02)2668-9005　傳眞：(02)2668-9790

■2012年（民101）09月初版　Printed in Taiwan

定價／250元

ISBN 978-986-272-236-7

城邦讀書花園
www.cite.com.tw

商周出版

廣　告　回　函
北區郵政管理登記證
北臺字第000791號
郵資已付，免貼郵票

104　台北市民生東路二段141號2樓

英屬蓋曼群島商家庭傳媒股份有限公司城邦分公司　收

請沿虛線對摺，謝謝！

商周出版

書號：BH7029　書名：龍王Ⅲ 芬陀利華公主　編碼：

請於此處用膠水黏貼

商周出版

讀者回函卡

謝謝您購買我們出版的書籍！請費心填寫此回函卡，我們將不定期寄上城邦集團最新的出版訊息。

姓名：______

性別：□男 □女

生日：西元 ______ 年 ______ 月 ______ 日

地址：______

聯絡電話：______ 傳真：______

E-mail：______

職業：□1.學生 □2.軍公教 □3.服務 □4.金融 □5.製造 □6.資訊
□7.傳播 □8.自由業 □9.農漁牧 □10.家管 □11.退休
□12.其他 ______

您從何種方式得知本書消息?

□1.書店□2.網路□3.報紙□4.雜誌□5.廣播 □6.電視 □7.親友推薦
□8.其他 ______

您通常以何種方式購書?

□1.書店□2.網路□3.傳真訂購□4.郵局劃撥 □5.其他 ______

您喜歡閱讀哪些類別的書籍?

□1.財經商業□2.自然科學 □3.歷史□4.法律□5.文學□6.休閒旅遊
□7.小說□8.人物傳記□9.生活、勵志□10.其他 ______

對我們的建議：

______

______

______

______

請於此處用膠水黏貼